작은 불빛 하나

내 생에 작은 불빛 하나 밝힐 수 있다면
성공한 사람보다 소중한 사람이 되고 싶다.

큰 불이 되지 못해
찬란한 불빛을 비추지 못해도

꺼지지 않는 작은 불빛이 되어 세상을 밝히고 싶다.

작가의 말

호사유피 인사유명 <*虎死留皮 人死留名*>

호랑이는 죽어서 가죽을 남기고

사람은 죽어서 이름을 남긴다.

나의 할아버지는 형과 나의 이름을 직접 지어 주셨다. 형에게는 '일권'이라는 이름을, 나에게는 '철권'이라는 이름을 지어 주셨다. 형제에게 '무쇠주먹'과 '한 방'이라는 뜻의 이름을 지어 주셨나 생각할 수 있지만, 실제로는 그런 의미가 아니다.

나와 처음 만나는 사람들은 내 이름과 직업을 들으면, 참 잘 어울린다고 말한다. 그래서인지 내 이름을 오래 기억해 주는 분들이 많다.

나는 어린 시절 과천에서 태권도를 처음 배웠다. 이후 태권도 전문학교에 진학하기 위해 서울에서 학창 시절을 보냈다. 당시 나의 하루는 태권도로 시작해 태권도로 끝났다. 아침 운동을 가기 위해 매일 새벽 첫 지하철 안에서 꾸벅꾸벅 졸며 등교를 하고, 저녁 운동을 한 후에는 퇴근하는 어른들 사이에 끼어서 집으로 돌아오곤 했다. 그렇게 6년 동안 지하철을 타고 학교를 다녔다.

대학 졸업 후 미국에서 태권도를 가르치던 중 한국국제협력단(KOICA)에 지원해 남태평양의 솔로몬제도에서 태권도 사범으로 1년간 활동을 했다. 그리고 한국에 돌아온 지금, 출판이 완료되는 순간 다시 배낭에 도복과 띠를 담고 어디론가 떠나고 싶다는 생각이 든다. 어린 시절 먼 곳까지 학교를 다니던 것이 지금까지 이어지고 있다. 부모님이 살고 있는 집과는 가까이 지낼 수 없는 운명인 것 같다.

지금까지 태권도를 하면서 훈련이나 교육을 위해 해외에 다녀올 기회가 많았다. 활동이 끝나고 집에 돌아오면 가장 먼저 활동한 시간들을 평생 기억할 수 있도록 자료를 모아 정리하는 것이 나의 습관이었다. 이번에도 솔로몬제도에서 1년간 활동한 뒤 한국에 오자마자 자료들을 정리하기 시작했다. 그리고 예전에 정리했던 자료들과는 비교도 되지 않을 만큼 재미있고 유쾌한 이야기가 만들어졌다.

만약 소개팅을 하게 되면, 서로에 대한 이야기보다 솔로몬제도에서 있었던 이야기만 늘어놓고 돌아오게 되지 않을까 걱정이 될 정도다.

그동안 선배 단원들의 활동 경험담을 읽으면 재미있기도 했지만 이해가 되지 않는 부분도 많았다. 영화에서나 나올 법한 이야기들을 현실에서 마주한 단원들은 과연 어떤 기분이었을까? 하지만 현지에 도착한 후, 그 모든 것을 이해하게 되기까지는 얼마 걸리지 않았다.

이처럼 우리의 일상에서 쉽게 겪을 수 없는 새로운 이야기들이 담겨 있다는 게 활동 경험담의 가장 큰 특징인 것 같다. 다만 아쉬운 것은 태권도 단원들의 활동 경험담은 읽어 보지 못했다는 점이다. 그래서 나는 '태권도 사범은 선진국에서 해야 한다'는 상식을 깨고 남태평양의 작은 나라 솔로몬제도에서 마주할 수 있었던 즐겁고 소중한 시간들을 많은 사람들과 함께 나누고자 한다. 해외 봉사를 꿈꾸는 이들에게 나의 이야기가 용기와 힘을 줄 수 있다면 좋겠다. 그리고 더 많은 태권도 사범들이 대한민국의 문화를 전파하는 민간 외교관으로서의 역할을 할 수 있길 바란다.

제 1 장

남태평양을 향해

제2장

솔로몬제도는 처음이라

제 3 장

흰 도복만 있으면 어디든 갈 수 있지

제4장

정글의 법칙

제 5 장

매듭짓기

제 1 장

남태평양을 향해

한국국제협력단
(Korea International Cooperations Agency, KOICA)

2017년 초, 친한 후배한테서 메시지가 왔다.

“오빠, 저 KOICA에 지원할 거예요.”

이 후배하고는 대학 시절 태권도 평화봉사재단이라는 기관을 통해 알게 됐다. 이후로 꾸준히 연락하며 지내고 있다. 나보다 나이는 어리지만, 내 안의 숨겨진 도전정신을 일깨워 주는 친구 같은 존재다.

“그래? 어디로? 너 인생 멋지게 사는구나.”
“어디로 갈지는 아직 모르겠어요. 일단 지원해 보려고요.”

예전부터 KOICA에 대해 알고는 있었지만, KOICA 활동에 지원하고 싶다는 생각은 해 본 적 없었다. 후배가 메시지를 보냈을 당시 나는 대학을 졸업하고 미국에서 태권도 사범 생활을 하고 있었다. KOICA에 지원하고 싶다는 후배의 이야기를 들으니, 대학 시절 타지키스탄과 칠레로 태권도 봉사활동을 다녀왔을 때의 기억이 떠올랐다. 그때의 기억은 평소에도 종종 떠오르곤 했다. 내겐 너무나 좋은 추억으로 남아 있기 때문이다. 대학 졸업 후 돈을 벌기 위해 미국으로 갔지만, 마음 한구석에는 그 시절의 추억이 쌓여 있었다.

태권도 봉사활동의 기억을 되짚어 보면 아쉬운 점도 참 많다. 당시에는 외국인을 대상으로 태권도를 지도한 경험이 부족했다. 그리고 무엇보다 파견 기간이 한두 달 남짓으로, 태권도 단원으로 활동하기에는 너무 짧은 시간이었다. 그때를 떠올릴 때마다 이런 아쉬움이 항상 가슴에 깊게 남아 있었다.

'다시 가게 된다면 정말 잘할 자신이 있는데….'

별 뜻 없이 'KOICA 홈페이지에나 한번 들어가 보자' 하는 생각이 들었다. 인터넷에 접속하니 다른 단원들은 파견 기간이 2년이지만 태권도 단원은 1년이라고 쓰여 있었다.

'1년이면 지원해 볼 만한데?'

문득 깊은 생각에 빠졌다.

내 나이는 20대 후반을 바라보고 있다. 미국에서 슬슬 자리를 잡아가고 있지만 아직도 배울 게 많아 하루하루 바쁜 시간을 보내고 있다. 이곳에서는 항상 편안하게 차를 타고 다니고 맛있는 음식을 먹으며 좋은 집에서 살고 있는데… 개발도상국에 가서 1년을 산다?

너무 매력적인 일이었다.

그때부터 내 머릿속에서는 'KOICA'와 '태권도 봉사활동', 이 두 단어가 떠나질 않았다. 그렇게 끙끙 앓으며 혼자 고민했다. 그로부터 두 달 뒤, KOICA 홈페이지에서 단원 모집 공고를 보게 됐다. 그리고 결국 지원하기로 결심했다.

한국으로 돌아가기 전, 그동안 정이 많이 든 태권도 도장 학생들과 학부모님들을 만나 작별 인사를 나눴다. 내가 항상 태권도를 지도하며 이별할 때 하는 말이 있다.

" '우리는 태권도 가족이고, 태권도 가족은 결국 또 만나게 됩니다.' "

학부모님들은 개발도상국 아이들을 위해 사용해 달라며 태권도용품을 전해 줬다. 가족 구성원 모두가 태권도를 배워 더 많은 정이 들었던 이삭이네 가족은 손으로 직접 쓴 편지와 선물을 주었다. 한국으로 향하는 비행기 안에서 이삭이의 편지를 읽었다. 아직 어린아이라 글씨는 엉망이었지만, 그 서툰 편지가 다 큰 어른인 내 마음을 뭉클하게 만들었다.

'지금 당장의 헤어짐은 아쉽지만 나중에 다시 만나길 기약하자. 개발도상국에서 태권도를 가르치고 보급하기 위해 잠시 떠나는 것일 뿐이다.'

그나저나 미국에서 돌아와 개발도상국에 간다고 하면 시골에 계신 할머니가 또 얼마나 잔소리를 하실지 걱정이 됐다. '미국에서 얼른 자리 잡고 결혼해야지! 늦은 나이에 또 어디를 가!'라며 호통을 치실 것이 분명한데, 할머니와 설전을 벌일 생각을 하니 머리가 아팠다.

'한 번 사는 인생, 내가 하고 싶은 것을 하며 후회 없이 살자. 언제까지 걱정하고 고민만 하며 살 것인가. 그렇게 허비하는 시간이 아깝다. 바로 행동으로 옮겨야 한다.'

나는 그렇게 마음먹었다. 영국의 배우 베네딕트 컴버배치가 한 편지 낭독회에서 소리 높여 외쳤던 말이 떠올랐다.

Stop it and just do!(그만 생각하고 그냥 좀 해!)

'쏘쿨'한 나의 가족들

2017년 12월 29일, 1년간의 태권도 봉사활동을 위해 대한민국에서 솔로몬제도로 출발했다.

원래 이번에 솔로몬제도로 파견되는 단원은 나와 요리 선생님까지 두 명이었다. 하지만 출국 일주일 전, 요리 선생님께서 건강상의 이유로 파견을 취소해 결국 나 혼자 비행기를 타게 됐다. 현지에서 맛있는 요리를 많이 해주겠다고 하더니… 요리 선생님하고는 교육원에서부터 친하게 지냈던 터라, 앞으로 1년 동안 의지가 많이 될 것 같았다. 그런데 혼자 가게 된다니 너무 아쉬웠다. 그래도 선생님의 건강을 위한 일이니 어쩔 수 없는 일이었다.

공항에서의 이별은 언제나 너무 슬프다. 처음 해외에 나갈 때의 기억을 지금도 잊을 수가 없다. 중학생 시절, 중국으로 훈련하러 다녀온 적이 있다. 고작 한 달이 채 되지 않는 기간인데도 부모님과 떨어져 지낼 생각을 하니 겁이 많이 났다. 지금 생각해 보면 참 순수한 아이였다. 하지만 이후로 워낙 자주 해외에 나가다 보니 언제부턴가 부모님은 그러려니 하시게 됐다. 이제는 나도 부모님이 공항에 나오시면 부담이 돼서 혼자 다니는 게 편하고 좋았다.

그래서였을까? 이번 출국 때 부모님은 나오지 않았다. 대신 내 오랜 친구들과 이번에 KOICA 봉사 교육을 함께 수료한 동료들, 그리고 영어 선생님이 배웅해 줬다. 그렇게 우리는 1년 후의 만남을 기약하며 아쉬운 작별을 했다.

이별은 언제나 슬프지만, 한편으론 새로운 만남이 기대되기도 한다.

알 수 없는 미래가 불안하기도 하지만
알 수 없는 미래 덕분에 설레기도 하니까.

내 로망의 땅, 솔로몬

비행기가 솔로몬 상공을 지날 때 창밖을 내다보았다. 하늘에서 내려다 본 그곳의 모습은 어린 시절 봤던 영화 <쥐라기 공원>을 떠올리게 했다. 그동안 살면서 한 번도 보지 못한 생물들이 살고 있을지 모른다는 상상을 했다. 평온한 바다, 자욱하게 안개 낀 산. 마을은 잘 보이지 않아 완전히 새로운 세계로 향하는 기분이 들었다.

드디어 솔로몬제도에 도착했다. 역시 정말 더웠다. 공항은 얼마나 작은지, '이게 정말 국제공항이 맞나' 하는 의심이 들 정도였다. 첫 기념사진을 찍기 위해 단복으로 갈아입는데 에어컨이 없어 땀을 뻘뻘 흘렸다. 그래도 나를 보고 웃어주는 현지인들을 보니 한결 마음이 좋아졌다.

공항에서 밖으로 나가는 문이 열리자, 뜨거운 기운이 훅 끼쳐 왔다. 에어컨이 나오지 않아도 실내가 그나마 시원한 편이었음을 깨달았다. 나는 땀이 많은 편이라 조금만 움직여도 주르륵 땀이 나는데, '1년 동안 고생 좀 하고 살도 많이 빠지겠다'는 생각이 들었다. 하지만 '그래도 남태평양 솔로몬제도에 왔으면 이 정도 더위는 당연한 것 아니겠는가'라며 긍정적으로 생각하고 공항 밖으로 나갔다.

사무실에서 마중 나온 사람을 찾으려는데, 정말 0.1초 만에 알아보고 말았다. 햇볕에 피부가 그을린 것이 영락없는 KOICA 단원들이었다. 솔로몬제도에는 현재 코디네이터 두 분과 간호 단원 두 분이 활동 중이다. 이 네 분과 사무실 현지 직원이 모두 함께 마중을 나왔다. 앞으로 1년 동안 서로 돕고 의지하게 될 동료라 생각하니 너무 반가웠다.

나를 발견하자마자 손을 흔들며 반겨 주는데, 벌써 몇 번 만난 적이 있던 것처럼 친근했다. 오기 전 사진으로 봤을 때의 모습과는 조금 달라 보였지만, 봉사활동을 하느라 그렇게 피부가 많이 탔다 생각하니 더 정겹게 느껴졌다. 한 단원이 나에게 꽃목걸이를 걸어 주었다. 그러자 옆에 있던 다른 현지인들이 나에게 "웰컴, 웰컴!"이라며 환영 인사를 해 줬다.

차를 타고 숙소로 향하던 중 간호 분야의 윤 단원이 '여기에 왔으면 코코넛을 먹어야 한다'고 했다. 우리는 길가에 차를 세우고 나무 아래에 앉아 코코넛을 맛보며 잠시 더위를 식혔다. 공항을 나설 때만 해도 긴장이 됐는데, 사람들과 함께 있으니 언제 그랬냐는 듯 마음이 편안했다. 그제야 솔로몬제도에 도착한 게 실감이 났다.

이곳에 오기 전, 솔로몬제도에 대해 알려진 정보가 워낙 부족했있다. 한국에서 국내 교육을 받을 때 다른 국가로 가는 단원들은 파견국에 대한 생활 정보가 담긴 책을 받았다. 하지만 솔로몬제도로 가는 나는 그저 '선배 단원이 전하는 생활 팁'이라 쓰인 두 장짜리의 문서만 받았을 뿐이다. 거기에는 솔로몬제도에 갈 때 꼭 챙겨야 하는 물건 목록이 쓰여 있었다. 그때는 이것만으로 과연 적응을 잘할 수 있을지 걱정이 됐는데, 막상 와서 선배 단원들과 코디네이터님들을 만나니 근심이 모두 사라지는 것 같았다.

여기 오기 전, <정글의 법칙>이나 인터넷으로 봤을 때는 솔로몬제도에 신비로운 미지의 생물들이 살고 있을 것만 같았는데, 막상 와 보니 나와 똑같은 사람들이 살아가고 있었다.

'이제 이곳에서 1년간의 봉사활동을 시작하게 된다. KOICA 단원이자 태권도 사범으로서 맡은 일에 최선을 다하고 후회 없이 1년을 보내고 싶다.'

수상한 새해맞이

짐을 풀고 정리를 하다 보니 하루가 금세 지나가 버렸다. 마침 하루 뒤면 2018년 새해였다. 연말이 되면 괜히 나도 모르게 마음이 설레곤 한다. 새해 목표나 계획을 세우기도 하고, 새해 첫 태양을 보며 두 손 모아 소원을 빌기도 한다. 그중 결국 이루어진 것이 얼마 되지 않는다는 것을 알면서도 매년 반복한다. 올해는 솔로몬제도에서 맞이하는 새해를 기념하기 위해 현지 코디네이터, 그리고 단원들과 함께 호니아라에서 가장 높은 산에 올라 새해 소원을 빌기로 했다.

이곳에는 두 개의 Memorial Park(2차 세계대전 위령비)가 있다. 하나는 America Memorial Park, 다른 하나는 Japanese Memorial Park다. 각각 제2차 세계대전 중 전사한 미국 군인과 일본 군인들을 추모하는 곳이다. 정작 다른 나라들의 전쟁으로 억울하게 희생당했던 솔로몬제도 현지인들을 위한 위령비는 없다는 게 마음이 아프다.

두 위령비 모두 산 정상에 있는데 시내에서 차로 20분이면 도착해 쉽게 가볼 수 있다. 우리는 둘 중 좀 더 높은 곳에 있는 Japanese Memorial까지 올라가 보기로 했다. 호니아라 시내를 한눈에 볼 수 있는 곳이다. 그런 멋진 곳에서 소원을 빈다면 29년 동안 이루지 못한 소원도 이룰 수 있을 것 같은 기분이 들었다. 그런 기대감을 가득 안고 잠자리에 누웠다.

하지만 잠들 수가 없었다. 2017년 12월 31일에서 2018년 1월 1일로 넘어가는 순간….

"팡!"
"팡, 슈르르르 팡!"
"추르르르륵 팡, 팡, 팡!"

기괴한 소리가 창 너머로 들려오기 시작했다. 요란한 꿈을 꾸고 있는 것인가? 폭동인가? 밖을 내다보니, 폭죽이 터지고 자동차 경적이 마구 울리고 있었다. 사람들은 이상한 소리를 내며 시내를 활보했다. 옆집, 앞집, 아랫집 너나 할 것 없이 사람들이 소리를 질렀다. 순간적으로 정신이

멍해지고, 살짝 무섭기까지 했다. 내가 잠들지 못하게 일부러 괴롭히는 것만 같았다.

'아니 KOICA는 왜 하필 이맘때, 요란한 연말 파티를 즐기는 현지인들 사이에 나를 보낸 걸까? 이런 낯선 문화도 즐길 수 있을 만큼 적응했을 때는 다시 한국으로 돌아가야 할 텐데….'

괜히 혼자 원망을 했다. 새해를 맞이하는 사람들의 세리머니는 그렇게 새벽까지 이어졌다. 솔로몬제도 신고식을 방안에서 홀로 참 크게도 치른 것이다.

그렇게 몇 시간이 지났을까. 전날 밤 맞춰 둔 알람이 울렸다. 시간을 보니 새벽 5시였다. 멍하니 앉아 여기가 어디인가 잠시 생각하다 대충 씻고 나갈 준비를 했다. 5시 30분이 되니 코디님이 집 앞으로 찾아와 나를 불렀다. 졸린 눈을 비비며 코디님과 Japanese Memorial Park에 도착하니 솔로몬제도의 모든 KOICA 코디네이터와 단원들이 먼저 와 있었다. 나를 포함해 6명뿐이지만 타국에서 한국인을 보니 너무나 반가웠다.

그런데 알고 보니, 이들 중 한 명은 코디네이터나 봉사단원이 아니라 현지에 사는 한국인이었다. 이야기를 나눠 보니 나와 동갑내기인 데다가 대학교 동문이었다. 심지어 내 친구와 아는 사이이기도 했다. 세상이 어쩌면 이리도 좁은지. 솔로몬제도에서 이런 인연을 만날 줄은 상상도 못했다. 특별한 날에 특별한 인연을 만난 것을 보니, 새해에는 더 좋은 일만 생길 것 같은 기대감이 들었다.

우리는 위령비가 있는 곳으로 함께 들어갔다. 전사자들을 추모하는 위령비에 다가서니 마음이 무거웠다. 이곳에서 어떤 일들이 일어났는지 구체적으로 알 수는 없지만, 당시 상황이 얼마나 긴박하고 참혹했는지는 충분히 짐작할 수 있었다. 그리고 전쟁은 언제나 참담한 결과만을 남긴다는 것을 다시 한번 느낄 수 있었다. 무엇보다도 다른 나라들의 전쟁으로 억울하게 희생당한 솔로몬제도 현지인들을 생각하니 마음이 아팠다. 위령비 앞에 서니 호니아라 시내가 한눈에 내려다보였다. 전쟁으로 희생된 이들이 이곳에서 하루하루 변해 가는 호니아라의 모습을 지켜보고 있으리란 생각이 들었다.

우리는 자리를 잡고 해가 뜨기를 기다렸다. 잠시 뒤 어둠이 조금씩 걷히고 저 멀리서 빛이 조금씩 보이기 시작했다. 오늘 비는 소원만은 왠지 이루어질 것 같다는 기분 좋은 예감이 들었다. 나는 두 손 모아 더욱 간절하게 소원을 빌었다.

'2018년 1월 1일 무술년. 올 한해 KOICA 식구들 모두 건강하게 해 주십시오. 그리고 1년 동안 의미 있는 일을 하며, 힘든 일이 있을 때는 용기

와 지혜로 이겨낼 수 있게 해 주십시오.’

현지어 수업이 시작되다

드디어 모든 준비는 끝났다. 현지 적응 교육 시작이다!

대망의 피진어(Fijin Language) 수업이 나를 기다리고 있었다. 태권도 봉사단원은 1년 단기 파견이기 때문에 현지 적응 교육도 한 달 동안만 받게 된다. 2년간 파견되는 단원들보다 훨씬 짧은 기간이다. 그렇기 때문에 더 집중해서 교육받고 현지어도 더 열심히 공부해야 한다.

임지로 파견되기 전, 국내 교육을 받았을 때는 현지 언어인 피진어를 가르쳐 줄 사람이 없어 그 시간에 영어 수업을 들었다. 여기서 활동 중인 단원들이 나중에 한국에 돌아가 피진어 교육을 한다면, 다음에 파견을 오는 단원들에게는 많은 도움이 될 거란 생각이 들었다.

'피진어?'

'피지어?'

'피지에서 쓰는 언어인 것 같은데 왜 솔로몬에서 쓰지?'

피진어 선생님께서 오시기 전, 코디님과 이야기를 나누다 문득 궁금해졌다.

"왜 '피진어'라고 부르는 거예요?"

"'비즈니스'라는 단어에서 비롯된 말 아닐까요?"

"오, 일리가 있습니다. 코디님."

과거 서양인들이 솔로몬제도를 비롯한 남태평양 국가를 발견했을 무렵, 많은 유럽인들이 이곳으로 진출해 물건을 사고팔기 시작했다고 한다. 하지만 언어가 달라 소통에 어려움을 느끼자 유럽인들이 현지인들에게 상업용어를 알려 주었고, 그 과정에서 피진어가 파생됐다는 것이다.

비지니스 → 피지니스 → 피진이스 → 피쥐스 → 피쥐스 → 피진

이렇게 말이 바뀌어 온 것은 아닐까? 그럴싸한 추측이다. '피진어'의 어원에 대해 한참 이야기를 나누고 있을 때, 노인 한 분이 KOICA 사무실로 들어왔다. 검은 피부에 하얀 수염, 그리고 동그란 안경으로 멋을 낸 딕

슨 선생님이었다. 정말 근사했다. 수업을 시작하기 전 선생님이 말씀하셨다.

“영어를 못 하면 피진어를 빨리 배우고, 영어를 할 줄 알면 피진어를 느리게 배운다.”

나는 다행스럽게도(?) 영어가 유창하지 않다. 그러니 빨리 배울 것 같다는 기대감이 들었다.

모든 언어는 처음 배울 때 인사말부터 시작을 한다. 피진어 인사말은 ‘헬로’와 ‘굿모닝’ 등 영어와 똑같아 어려울 것이 하나도 없었다. ‘감사합니다’는 영어로 ‘탱큐’인데, 이 말이 바뀌어 피진어로는 ‘타기오’라고 한다. 타기오, 타기오. 그리고 뒤에 ‘투마스’를 붙이면 ‘정말 감사합니다’라는 표현이 된다.

그리 어렵게 느껴지지 않으니 첫 출발이 좋다!
집중해서 본격적으로 공부를 시작해 보자!

I → MI

HELLO → HALO

MORNING → MONE

NAME → NEM

NUMBER → NAMBA

WALK → WAKABAOT

'뭐지? 쉬운 것 같은데?'

피진어는 영어와 비슷한 말이 많고, 대부분 단어를 소리 나는 대로 표기한다. 그 덕분일까? 이곳 사람들이나 친구들과 문자를 주고받다 보면 문법이나 스펠링을 많이 틀리지만, 신기하게도 서로가 하려는 말을 잘 알아듣는다.

하지만 영어와 피진어에서 같은 단어가 다른 뜻으로 쓰이는 경우가 있어 더 헷갈릴 때도 있다. 어느 날 딕슨 선생님께서 갑자기 나에게 질문을 하셨다.

"What does 'long' mean?" ('long'의 뜻이 뭘까?)

"long? 길다? 긴?"

'short'의 반대말 'long'이 아니냐고 물었지만 자꾸 틀렸다고 하셨다. 수업인지 퀴즈시간인지 영 답답해서 기권했더니 선생님께서는 'long'의 뜻이 'to'라고 설명해 주셨다. (흔히 'long'을 줄여 'lo'라고 쓴다.)

MI GO LO SCHOOL → 미 고 로 스쿨 → 나는 학교에 간다

아, 쉬운데 어렵다!

그리고 2차 솔로몬제도배 퀴즈가 시작됐다.

"What does 'save' mean?" ('save'의 뜻이 뭘까?)
"구하다?"
"No!"
"지키다?"
"No."
"저…장?"
"No, no."

역시나 기권했다. 퀴즈를 내고 정답이 나올 때까지 기다리는 지독한 선생님이다. 그러자 선생님은 웃으시며 '노'라고 하셨다.

"no or know?"

머리가 터질 것 같았다. 너무 헷갈려서 수업을 더 이상 진행하지 못할 지경이었다. 내가 외친 답에 'No'라는 대답만 반복하시더니, 기권을

해도 '노'라니. 무슨 소리인지 이해가 되지 않았다. 하지만 알고 보니 정답은 'no'가 아닌 'know'였다.

Mi no save → 미 노 사베 → 나는 알지 못한다

그냥 '사베'로 읽으면 되는데 나도 모르게 계속 '미 노 세이브'라고 읽었다. 영어를 쓰던 습관이 남은 탓이다. 문득 앞으로 현지인들과 대화하며 '미 노 사베'라는 말을 가장 많이 할 것 같은 불길한 기분이 들었다. 조금 헷갈리고 어려웠지만, 그래도 딕슨 선생님 수업은 '타기오 투마스'였다.

솔로몬 투어

하루는 KOICA 사무실 현지 직원인 알렉스와 함께 솔로몬제도 전통 박물관과 아트 로드(Art Road)에 다녀왔다. 두 곳 모두 시내에 위치해 있고 KOICA 사무실과도 가깝다. 그래서 사무실 차량을 이용하기보다는 현지 버스 체험도 할 겸 버스를 타고 가 보기로 했다.

정류장에 가 보니 버스가 이미 도착해 대기하고 있었다. 혹여나 놓칠세라 알렉스와 나는 얼른 뛰어가서 버스에 탔다. 에어컨을 틀지 않아 땀내 섞인 이상한 냄새가 코를 찔렀다. 좌석까지 좁고 불편해서 안 그래도 더운 날씨가 더 덥게 느껴졌다.

알렉스가 나를 보더니 다른 버스를 타자고 말했다. 나를 배려하기 위해 한 말인 줄 알고 괜찮다고 말했지만, 알렉스는 자신이 이 버스를 타고 싶지 않다며 내리자고 했다.

다행히 바꿔 탄 버스는 에어컨이 잘 나왔다. 시원한 바람을 쐬니 좀 살 것 같았다. 그런 나를 보며 알렉스는 '이곳에서는 에어컨이 잘 나오는 버스를 골라 타야 한다'는 팁을 알려 줬다.

10분 정도 버스를 타고 가니 알렉스가 이제 내려야 한다고 말했다. 이 더위에 얼마나 걸어가야 할지 한숨부터 나왔다. 하지만 괜한 걱정이었다. 버스에서 내리니 박물관이 정류장 바로 앞에서 우리를 기다리고 있었다.

박물관은 나무로 지은 건물이었다. 지붕에 나뭇잎까지 얹어, 최대한 솔로몬제도 전통 가옥의 모습과 흡사하게 지으려고 노력한 것이 느껴졌다. 전통 박물관다운 모습이었다.

박물관으로 들어가 안내원의 설명을 들으며 내부를 한 바퀴 둘러보았다. 30분 만에 다 둘러볼 정도로 규모는 작았지만, 솔로몬제도의 역사와 전통을 잘 보여주는 곳이었다. 특히 나 같은 외국인들의 경우, 이곳을 한 번 둘러보는 것만으로도 솔로몬제도를 이해하는 데 많은 도움이 될 것 같다는 생각이 들었다.

솔로몬제도 전통 박물관

박물관에서 가장 인상 깊었던 것은 셸 머니였다. 화폐가 없던 시절, 솔로몬제도 사람들은 조개껍데기를 목걸이로 만들어 화폐 대신 사용했다고 한다. 셸 머니는 작게는 손바닥만 한 것부터 크게는 성인 남성 키만 한 것도 있는데, 어떤 종류의 조개를 사용하느냐에 따라 가치도 달라진다고 한다. 내가 본 셸 머니 중에 하얗고 예쁜 조개가 있었는데, 이 조개는 바다 깊이 잠수해야만 구할 수 있는 것이라 다른 조개들보다 값어치가 높다고 했다.

셸 머니는 지금까지 화폐 기능 외에 다른 용도로도 사용되고 있다. 특히 말레이타 섬에서 셸 머니가 많이 쓰이는데, 그곳에서는 결혼을 할 때 남편이 신부의 집에 선물로 셸 머니를 주는 전통이 있다고 한다. 상대방에게 용서를 구하거나 화해의 뜻을 전할 때도 셸 머니를 사용한다. 그만큼 말레이타섬에서는 셸 머니가 굉장히 중요한 의미를 지닌다. 하지만 더 이상 셸 머니를 사용하지 않는 섬들도 많다.

현지에서 만난 한 부부는 남편이 이사벨섬 출신, 아내가 말레이타섬 출신이었는데, 아내가 남편에게 아직까지 집에다 셸 머니를 가져다주지 않았다고 구박하는 것을 볼 수 있었다. 그럴 때마다 남편은 아내를 이해할 수 없다는 듯 입을 삐죽 내밀곤 했다. 누군가는 더 이상 사용하지 않지만, 다른 누군가는 가치 있는 것으로 여기는 셸 머니. 솔로몬제도에서 셸 머니는 중요하면서도 중요하지 않은 존재다.

박물관 안내원은 조개껍데기로 목걸이를 만드는 방법을 나에게 보여 주었다. 자신들은 전문가가 아니지만 다른 섬이나 지역에 가면 실제로 목걸이를 만드는 현지인들의 모습을 볼 수 있다고 했다. 각 섬과 지역마다 만드는 과정과 방법이 다르다고도 했다. 전통 박물관을 둘러보고 밖으로 나오니 반대편에 '예술의 거리'와 '아트 갤러리'가 있었다. 하지만 공사 중이라 물건을 판매하는 사람도 구입하는 사람도 찾아볼 수 없었다.

그렇게 모든 일정을 끝내고 사무실로 돌아가던 중 한 전시관을 발견했다. 알렉스에게 물어보니 솔로몬제도 지역원조단(Regional Assistance Mission to Solomon Islands, RAMSI) 전시관이라고 했다. 원래는 다음 일정에 방문할 예정이었지만 마침 시간도 남았으니 잠깐 들르기로 했다.

불과 20여 년 전, 이곳에서는 다시 일어나서는 안 될 참극이 벌어졌다. 당시 솔로몬제도의 말레이타섬은 토지 활용이 여의치 않아 지역 개발과 주민들의 일자리 창출에 어려움을 겪고 있었다. 이 때문에 말레이타섬 주민들이 과달카날로 대거 이주를 하고 경제권도 얻게 됐는데, 이 과정에서 말레이타 주민과 과달카날 주민 사이에 갈등이 불거졌다고 한다. 그리고 결국 내전으로까지 번지게 된 것이다.

현재 이곳의 모든 집들은 쇠로 벽과 담장을 만들어 외부인이 내부로 들어오지 못하게 하고 있다. 과거에는 이런 담장이 없어 주민들이 서로의 집에 편하게 왕래할 수 있었다. 하지만 내전으로 수천 명이 사망하는 비극이 일어나자, 외부 위협으로부터 가족을 지키기 위한 보호막을 세우게 된 것이다.

내전이 5년 동안 이어지자 2003년, 솔로몬제도의 치안과 정치·경제 상황을 관리·감독하기 위한 'RAMSI'가 배치됐다. RAMSI는 2017년 6월까지 솔로몬제도에 주둔한 후 복귀했는데, 많은 사람들이 'RAMSI'가 철수하면 솔로몬제도의 치안이 악화될 것이라 예상했지만 다행히 아직까지 큰 문제는 일어나지 않았다.

타나바사마을 탐방

딕슨 선생님과 함께 선생님이 살고 계신 타나바사마을에 다녀왔다. 수도가 아닌 곳의 현지인들은 냉장고도 세탁기도 없이 도시와는 조금 다른 삶을 산다고 했다. 이들의 일과는 어떤지, 여가에는 무엇을 하며 보내는지 모든 것이 궁금했다.

타나바사마을은 사무실에서 버스를 타고 서쪽으로 40분 거리에 위치해 있다. 시내에서 버스를 타고 화이트리버라는 종점에 내린 다음 다른 버스로 갈아타야 했다. 호니아라에서 꽤 먼 곳이다.

사무실에서 나온 우리는 버스를 타고 화이트리버에 내렸다. 딕슨 선생님은 마을 사람들에게 줄 선물로 비틀넛을 사야 한다고 했다. 비틀넛은 비틀넛 열매에 콩과 라임 가루를 넣은 것으로 솔로몬제도에서는 비틀넛을 씹는 사람들을 어디서나 쉽게 볼 수 있다. 비틀넛이 암을 일으킬 수 있다는 사실이 알려지기도 했지만, 여전히 많은 사람들이 비틀넛을 찾고 있다.

항상 호니아라 시내에 있다가 서쪽으로 나오니, 시내와는 다른 분위기에 기분이 새로웠다. 우거진 나무들과 창밖으로 보이는 해변 그리고 햇살이 내 마음을 설레게 했다. 그렇게 몇 개의 마을을 지나고 우리는 딕슨 선생님이 사는 타나바사 마을에 도착했다.

마을 안으로 가니 기다리고 있던 주민 분들이 우리를 반겨 주셨다. 인사를 하고 비틀넛을 선물로 드리니 답례로 코코넛을 즉석에서 잘라 주셨다. 그리 시원하지는 않았지만, 더운 날씨로 인한 갈증이 조금 해소되는 것 같았다. 예전에 동남아 국가에서 먹었던 코코넛은 특유의 냄새가 싫어서 즐겨 먹지 않았는데 이상하게 솔로몬제도의 코코넛은 냄새가 별로 나지 않아 자주 먹을 수 있었다.

이날 점심은 '모투'라는 솔로몬제도의 전통 요리법으로 만든 음식이라고 했다. 바나나잎으로 생선이나 음식을 감싸고 뜨겁게 달군 돌로 익히는 방법인데 텔레비전에서나 보던 것을 실제로 볼 수 있게 돼 기뻤다. 그리고 맛은 어떨지 정말 궁금했다.

솔로몬제도 전통 의상

딕슨 선생님이 요리가 완성되기까지 시간이 오래 걸리니 마을을 함께 둘러보자고 해서 발길을 옮겼다. 가장 먼저 눈에 들어온 것은 '집'이었다. 기둥과 지붕 모두 나무를 이용해 지은 것이 인상 깊었다. 필요한 것들은 모두 자연에서 찾다 보니 무엇 하나 인공적인 것이 없다.

재미있는 점은 집을 지을 때, 나무 기둥을 세워서 1층 공간을 비워두고 생활하는 공간은 허공에 떠 있는 것처럼 높은 곳에 짓는다는 점이다. 왜 그렇게 짓는지 현지인들에게 여러 번 물어봤는데, 비가 많이 내리는 기후 특성상 홍수를 피하기 위한 것이라는 사람도 있었고, 집이 높은 곳에 있으면 전망이 좋기 때문이라고 한 사람도 있었다. 다들 말이 달라 정확한 이유는 알 수 없었다.

다만 이런 집들을 볼 때마다 지진이 걱정되곤 했다. 솔로몬제도에 있었던 1년 동안 몇 차례의 지진이 있었다. 다행히 강도가 크진 않았지만, 조금 떨어져 있는 옆 나라 섬 바누아투에는 강진이 자주 일어난다고 했다. 솔로몬제도의 집들은 대부분 내진 설계가 돼 있지 않아, 혹시라도 큰 지진이 일어난다면 위험하지 않을까 걱정스러운 마음이 들었다.

솔로몬제도 사람들은 친척들이 한 마을에 모여 사는 경우가 많다. 과거 우리나라 사람들이 대를 이으며 한 지역에 모여 살던 것과 비슷하다. 마을에 오면 가장 먼저 어르신을 찾아뵙는 풍습도 같다. 딕슨 선생님의

타나바사마을의 독특한 집 구조

친척 분이라는 어르신을 찾아뵙고 비틀넛을 선물로 드리니 반갑게 맞아 주셨다.

그런데 어르신 뒤를 보니 마을 꼬맹이들이 숨어서 나를 쳐다보고 있었다. 마을에 동양인이 와서 신기했던 걸까? 낯선 사람이라 경계를 하는 걸까? 초롱초롱한 눈빛으로 나를 훔쳐보기만 했다. 나는 가방에 있던 쌍절곤을 다시 꺼냈다. 양손에 쌍절곤을 들고 발차기를 보여주니 "와와~" 하고 소리를 질렀다. 어느새 마을 어른들도 몰려와 구경하기 시작했다.

그때 유심히 나를 지켜보던 마을 청년이 나에게 다가와 쌍절곤을 해보고 싶다고 말했다. 나는 쌍절곤 파지법과 돌리는 방법을 알려줬다. 그 청년은 쉽다며 이리저리 돌리더니 결국 일을 냈다. 쌍절곤을 머리 위로 돌리는 순간 자기 머리를 때려 버린 것이다.

'땡~'

나는 혹시나 다치지는 않았을까 걱정을 했는데, 마을 사람들은 그게 아닌 듯했다. 아이들, 어르신들 모두 '까르르' 웃기 시작했다. 얼굴이 새빨개진 그 청년의 아픔은 뒤로한 채 청년 덕분에 마을 사람들과 첫 만남부터 크게 웃으며 만날 수 있었다.

쌍절곤을 돌리고 발차기를 했더니 온몸에 땀이 흘렀다. 그래도 샤워는 할 수 없으니 수영복으로 갈아입고 남태평양 바다에 곧장 뛰어들었다.

아이들과 바다에서 노는 일은 항상 즐겁다. 이곳 아이들은 매일 바다에서 수영을 하다 보니 조그마한 꼬마도 나보다 수영을 더 잘했다. 발이 땅에 닿지 않는 깊은 물에서도 자유자재로 수영하는 모습을 보니 '역시 바다 곁에 사는 아이들은 다르구나' 싶었다.

아이들과 함께 사진도 찍고 오랜만에 바닷물로 양치도 했다. 하늘을 보고 바다 위에 둥둥 떠서 누워 있기도 했다.

'정말 평화롭고 아름답다.'

금강산도 식후경이라고 했던가. 즐거움도 배고픔은 이길 수는 없는 법이다. 1시간 정도 수영을 하고 있으니 슬슬 배가 고프기 시작했다.

"시간 됐다. 점심 먹으러 가자!"

마을 어머님들이 나에게 무언가를 보여주려고 기다리고 계시는 듯했다.

빠밤!

'이것이 말로만 듣던 모투! <정글의 법칙>에서 봤던 그 모투구나!'

점심 메뉴는 바나나와 '블루탱'이라는 생선이었다. 그 맛이 너무나도 궁금했던 나는 곧장 바나나잎을 벗기고 그 안에 든 음식을 맛보았다. 생선의 맛은 굉장히 담백했다. 돌 온도를 맞추는 게 쉽지 않아 덜 익거나 탔을 것이라 예상했지만, 블루탱의 비늘이 두꺼운 데다 어머님들의 요리 내공이 깊어 적당히 잘 익혀져 있었다. 소금이나 별다른 향신료를 넣지 않고 생선 그대로 익힌 것이다 보니 생선 특유의 비린 맛이 조금 났지만 그리 나쁘지 않았다.

찐 바나나도 맛을 보았다. 간을 하지 않아 조금 심심한 느낌이 있었지만 은은한 바나나향이 너무 좋았다. 고소하면서도 부드러운 것이 고구마 같기도 했다.

항상 다큐멘터리 프로그램에서만 봐왔던 남태평양 원주민들의 전통 방식으로 마을 사람들과 함께 음식을 먹으니 내가 오지 탐험의 주인공이라도 된 것 같았다. 누가 그랬던가. 음식은 무엇을 먹는지 보다 누구와 함께 먹는지가 중요하다고 한다. 그저 바나나잎으로 돌돌 말아 달궈진 돌로 식재료를 데워 먹는, 어쩌면 약간은 심심하고 밋밋하게 느껴지는 음식일 수 있지만 솔로몬제도 마을 사람들과 함께한 식사였기에 보다 특별하게 다가왔다. 아마도 그날의 시간을 평생 잊지 못할 것 같다.

솔로몬제도의 전통 요리법 '모투'

잘 부탁드립니다

처음으로 솔로몬제도 태권도협회(Solomon Islands Taekwondo Union) 사람들을 만나는 날이었다. 앞으로 1년간 함께 활동하게 될 동료들을 만난다고 생각하니 긴장이 많이 됐다. 솔로몬제도 올림픽 위원회(Solomon Islands Olympic Comunitte) 사무실에서 태권도협회 부회장을 맡고 있는 데릭과 총무를 맡고 있는 알릭을 가장 먼저 만났다. 우리는 약속이나 한 듯 서로 고개를 숙이고 두 손으로 악수를 했다. 그동안 연습했던 피진어로 내 소개를 했다.

"할로"(안녕하세요)
"넴 블로 미 철 리"(저의 이름은 철 리입니다)
"미 캄 프롬 코레아 올셈 태권도 마스터"(저는 한국에서 온 태권도

사범입니다)

"바이 미 두임 바라바 베스트"(이곳에 있으면서 최선을 다하겠습니다)

"타기오 투마스"(정말 감사합니다)

아직 서툰 피진어이지만, 기관 사람들은 엄지를 곧추세우며 환대해줬다. 인사를 하고 이들과 많은 대화를 나눴다. 우리는 2023년 남태평양 게임을 궁극적인 목표로 삼기로 했다. 솔로몬제도에서 열릴 예정이기 때문에, 이곳 사람들은 모든 스포츠 종목이 좋은 성적을 낼 수 있기를 바라고 있다. 특히 태권도협회는 2023 남태평양 게임에서 태권도가 중심이 되길 기대하고 있다.

현재 솔로몬제도 올림픽 위원회는 국제올림픽위원회(International Olympic committee, IOC) 회원국으로, 솔로몬제도 전체의 체육활동을 담당하고 있으며 솔로몬 게임(전국체전)과 남태평양 게임 그리고 세계 곳곳에서 열리는 유소년 및 성인 대회에 참가하고 있다.

솔로몬제도에서 가장 인기 있는 스포츠는 단연 축구다. 그리고 개인적인 생각이지만 축구 다음으로 인기 있는 종목은 태권도다. 축구의 경우 남태평양 대회에서 메달을 획득하기 쉽지 않은 상황이다. 이 때문에 태권도는 메달을 획득하기 위한 솔로몬제도의 전략 종목 중 하나이기도 하다.

첫 기관 방문

솔로몬제도 태권도협회는 역사가 굉장히 길다. 1999년도에 세계태권도연맹 회원국으로 가입했지만 그 이전부터 북한식 태권도를 배워 왔다고 한다. 2014년과 2016년에 세계태권도 평화봉사재단(태권도 봉사 단체)에서 솔로몬제도로 태권도 사범을 두 차례 파견한 적이 있다. 2014년에 파견된 태권도 사범이 학교 후배여서 그때 처음으로 솔로몬제도라는 나라를 들었던 기억이 난다. 태권도 사범이 두 번 파견된 적이 있는 곳이지만, KOICA 소속의 태권도 단원이 온 것은 처음이라고 한다. 그렇기 때문에 더 잘해야 한다는 부담감과 책임감을 느꼈다. 그간 한국의 태권도 사범과 교류가 없었다고 하니, 서로의 문화를 이해하는 데 어려운 점이 있지 않을까 걱정도 됐다.

솔로몬제도는 2017년, 무주 세계태권도 선수권대회에 한 명의 선수를 출전시킨 경험이 있다. 세계태권도연맹에서 모든 경비를 지원해 줘서 무주에 올 수 있었다고 했다. 알릭도 그때 코치 자격으로 한국에 방문했다고 한다. 당시 출전한 선수는 아쉽게도 첫판에서 졌지만 선수들에게 국제대회는 아주 좋은 경험이 됐을 것이다. 남태평양 대회 경험이 많은 현지 선수들은 2015년에 파푸아뉴기니에서 개최된 남태평양 게임에서 개인전 은메달과 단체전 동메달을 획득하기도 했다. 또 앞으로 솔로몬제도에서 개최될 남태평양 대회를 위해 지금도 열심히 훈련을 받고 있다고 했다.

우리는 잠시 작전 회의를 했다. 남태평양 대회까지 남은 5년 동안 선수들을 발굴하고 집중적으로 훈련을 시켜야 한다. 이를 위해 우리는 학교 다섯 곳에서 태권도 수업을 하며 재능 있는 학생들을 찾고 훈련시킬 예정이다.

호니아라와 친해지기

빡빡한 현지 교육 일정으로 정신없이 하루하루를 보냈다. 평일에는 매일 숙소와 사무실을 오가며 수업을 듣고, 주말에는 혼자 이곳저곳 걸어 다니며 현지인들과 만나 피진어를 연습했다.

새로운 경험을 하고 싶어서 현지 교육 마지막 주말을 이용해 선배 단원과 시내를 둘러보기로 했다. 첫 번째로 향한 곳은 파나티나 몰이었다. 솔로몬제도에서 가장 큰 쇼핑몰이라고는 하지만 다른 나라의 쇼핑몰에 비하면 터무니없이 작다. 그래도 식료품 가게, 미용실, 음식점 등 현지에서 보기 힘든 여러 가지 가게들이 입점해 있다.

선배 단원과 나는 더운 날씨를 한 방에 날려줄 시원한 음료를 마시기

호니아라 시내 투어

위해 '점보'라는 생과일 주스 가게에 갔다. 메뉴를 보니 종류가 굉장히 많고 첨가되는 재료들도 다양했다. 망고, 바나나, 사탕수수, 사과, 수박….

'한 가지 재료만 넣어도 맛있을 것 같은데….'

나는 자신을 '도전정신이 강한 사람'이라고 생각하지만 음식 메뉴를 고를 때는 결코 도전과 모험을 하지 않는다. 메뉴판을 보니 '아이스 보이'라는 이름의 주스가 눈에 들어왔다. 망고와 바나나를 넣은 주스였다. 이 조합은 맛이 없으려야 없을 수 없는 조합이다. 다행히 나의 선택은 성공이었다. 선배 단원은 이곳에 오래 있었으면서 아직도 새로운 모험을 하고 싶은지 신메뉴를 골랐다. 하지만 표정을 보니 결과는 실패인 것 같았다.

파나티나 몰에서 가장 흥미로웠던 것은 식료품점에서 한국 라면을 판다는 것이었다. 한국 라면의 인기가 높아 운이 좋아야 살 수 있을 정도로 자주 매진이 된다고 했다. 개당 20달러(약 3000원)로 다른 라면에 비하면 비싼 가격이지만 이곳에서 한국 라면을 먹을 수 있다는 것이 얼마나 감사한 일인지 모른다.

파나티나 몰을 다 둘러보고 다른 곳으로 이동하기 위해 밖으로 나왔다. 하늘을 보니 해가 잔뜩 화나 있었다. 어찌나 뜨거운지 살이 다 익을 것만 같았다. 쇼핑몰 앞에서 한참 기다려도 버스가 오지 않아 그냥 걷기로 했다. 선배 단원도 걷는 것을 좋아한다고 하니 다행이었다.

걸어야 더 많은 걸 눈에 담을 수 있으니까.

시내를 향해 걷는 길, 오른쪽으로 고개를 돌리면 바다가 보이고 왼쪽으로 고개를 돌리면 산이 보였다. 예전에 친구 중 한 명이 산과 바다가 둘 다 있는 곳에 살고 싶다고 말한 적이 있었다. 스키와 수영을 함께 즐길 수 있는 곳이 얼마 없다고. 이곳에서는 산과 바다를 한눈에 볼 수 있다. 다만 스키는 불가능하다.

호니아라 푸드탐방

'핫 브레드'

이곳에 있는 한 빵집의 이름이다. 이름이 귀엽기도 하고, 빵이 맛있을 것 같은 느낌도 준다. 선배 단원과 걷다가 잠시 쉴 겸 '핫 브레드'에 들렀다. 솔로몬제도 현지인들은 '핫 브레드'를 정말 많이 이용한다. 가끔 길을 가다 빵집을 보면 빵을 사기 위해 길게 늘어선 사람들을 쉽게 볼 수 있었다. 솔로몬제도 사람들은 주식으로 쌀을 먹지만 '핫 브레드'가 이곳에 들어서면서 빵을 찾는 사람들도 많아졌다고 한다.

'핫 브레드'는 식빵, 바게트, 정 없는 크림빵이 전부지만 부담 없는 가격 때문인지 볼 때마다 많은 사람들이 줄을 서서 기다리고 있다. 우리는 잼이나 다양한 재료들을 빵과 곁들여 먹곤 하지만 현지인 친구들을 보면 항상 밀가루뿐인 빵에 물을 곁들여 식사를 해결한다. 우리 기준에서는 '참 맛없겠다'고 생각할 수 있지만 이들에게는 허기진 배를 채울 수 있는 귀한 음식이다.

가게 안으로 들어가 보니 식빵, 바게트, 크림이 조금 들어간 빵… 이게 전부였다. 치즈, 햄, 과일, 채소 같은 재료는 하나도 없었다. 그래도 방문한 김에 크림이 조금 들어간 주먹만 한 빵을 하나 샀다. 하지만 그냥 밀가루 맛만 났다. 크림은 어찌나 조금 넣었는지 그저 아쉬운 맛이었다. 한국에서 파는 빵과 비교하면 비교가 되지 않는다. 우리나라 빵은 세계 어디를 가도 맛으로는 정평이 나 있는데, 이곳의 빵은 그저 '밀가루 덩어리'라고밖에는 표현할 길이 없다. 한국에서 파는 맛있는 빵을 이곳에서 판다면 정말 대박이 날 것 같다.

그리고 이곳 사람들이 즐겨 먹는 간식거리가 있다. 바로 팝콘과 아이스크림이다. 처음 이곳에 와서 시내를 걷던 중 한 가게 앞에서 발길이 멈춘 적이 있다. 사람들이 많이 모여 있기에 뭐 하는 곳인지 궁금해 들어가 보니 즉석에서 팝콘을 튀겨 주고 아이스크림을 팔고 있었다. 이곳은 학생들이 하굣길에 모여서 친구들과 수다를 떠는 장소이기도 하고, 연인들이 데이트를 하는 곳이기도 했다. 우리 부모님 세대는 빵집에서 빵과 우유를 마시며 소개팅을 하고 친구들과 시간을 보내곤 했다는데, 이 나라의 사람들은 팝콘과 아이스크림을 먹으며 시간을 보내고 있는 셈이다. 나도 태권도를 가르치는 학생들과 가끔 더위를 피해 그 가게에서 아이스크림을 사 먹곤 했다.

크림이 손톱만큼 들어간 빵을 먹고 선배 단원과 나는 점심을 먹기 위해 코랄시(Coral Sea) 호텔로 향했다. 호니아라 시내에는 6개의 호텔이 있다. 호텔 규모는 큰데 투숙객이 있기나 한 것인지 항상 조용하고 썰렁해 보였다. 호텔에는 대부분 이곳으로 출장을 온 사람들이 묵는다고 한다.

메뉴판을 보니 양고기 스테이크가 가장 먼저 눈에 들어왔다. 평소 양고기를 좋아하기 때문에 고민 없이 바로 주문했다. 솔로몬제도는 어디를 가나 주문을 하고 음식을 받기까지 굉장히 오랜 시간이 걸린다. 그만큼 최선을 다해서 준비해 주기 위한 것이라 생각하지만 그래도 가끔은 과할 정도로 오래 걸릴 때가 있다.

주문한 음식이 나오고 맛을 보니 그동안 먹어왔던 양고기와는 다른 맛이 느껴졌다. 소스에 카레가 들어간 것 같은데 조금 맛이 심심하면서도 독특했다. 우리는 음식을 할 때 간을 보지만 이곳에서는 그런 게 없다. 모든 음식에 코코넛 밀크가 들어가 맛과 향을 더해 주니 별다른 재료가 필요 없는 모양이다. 짜면 짠 대로 싱거우면 싱거운 대로 입 속으로 들어간다. 솔로몬제도에서 만난 현지인 친구들이 음식을 하는 모습을 보면 정말 간단하다. 어쩌면 이들에겐 음식에 간을 맞추는 것 역시 사치일 수 있겠다는 생각이 들었다.

모처럼 좋은 식당에서 에이컨 바람을 맞으며 맛있는 음식도 먹으니 그동안의 피로가 싹 풀리는 느낌이었다.

'그래, 가끔 이런 날도 있어야지.'

나의 집은 KOICA

KOICA에서 처음 구해준 집은 KOICA 사무실과 워낙 가까워 현지 교육을 받는 한 달 동안 출퇴근에 대한 부담이 없었다. 걸어서 10분도 걸리지 않아 운동 삼아 걸어 다닐 정도였다. 하지만 한 달이 지나면서 새 집을 알아봐야 했다. 현지 교육을 받는 동안만 이 집에서 지내고, 이후 남은 11개월 동안 지낼 새로운 집은 스스로 찾아야 하는 것이다.

국내 교육을 받을 당시 선배 단원들의 경험담을 들어보면 다들 현지에서 집을 구하는 일이 가장 힘들었다고 했다. 새로운 집을 알아보고 계약하고 또 짐을 옮기고…. 이런 과정을 생각하면 머리가 지끈지끈 아팠다. 그래서 살고 있던 집을 재계약했다. 이곳에 오기 전 국내 교육 시간에 솔로몬제도에서 인턴 생활을 했던 분이 직접 강의를 해 준 적이 있었다.

내가 살던 집이 그 인턴분이 지낸 곳이기도 하며, 그 이전의 인턴분들도 생활한 곳이라고 했다. 그리고 나보다 먼저 온 두 명의 선배 단원도 현지 교육을 받는 동안 이곳에서 생활했다. 이 정도면 'KOICA 관사'가 아닐까 싶을 정도로 KOICA와 깊은 인연을 맺고 있는 집이다.

모기에 대한 이곳 사람들의 두려움 때문인지, 집을 모기장으로 꽁꽁 싸매 놓은 풍경을 많이 볼 수 있다. 집 안에 있으면 딱히 불편함을 못 느끼지만, 가끔 친구들과 영상통화를 하면서 바깥 풍경을 보여주면 '감옥에서 사느냐'고 묻는 경우가 있다. 그만큼 집이 모기장으로 뒤덮여 있다. 어쨌든 모기만 잘 막아 준다면 나는 좋다. 감옥처럼 보여도 아무 상관없다.

이토록 소중한 모기장인데, 내가 처음 이 집으로 들어오던 날에는 자물쇠 오른쪽에 주먹만 한 구멍이 뚫려 있었다. 이것이 바로 KOICA의 전설로 내려오는 '솔로몬제도 인턴 집 도난 사건'의 흔적이다. 외부의 침입을 막기 위해 모기장에 쇠로 만든 창살도 함께 엮어 두지만 손이 들어갈 수 있는 틈이 있어서 그 사이로 문을 연 것 같았다.

도둑은 모르겠고, 일단 모기부터 피하고 싶어서 한국에서 가지고 온 스포츠테이프를 뜯어 구멍 난 곳에 덕지덕지 붙였다. 나는 도둑보다 말라리아 모기가 더 무서웠다. 말라리아는 예방약이 없다느니, 약이 워낙 독해 장기가 손상된다느니, 눈이 충혈돼 좀비로 보인다느니… 국내 교육, 현지 교육을 받을 때 사람들이 하도 겁을 줘서 걱정을 많이 했다.

처음에는 한 달간 머무를 예정이었기 때문에, 집의 모든 것을 고쳐 달라고 하기가 미안해서 그냥 내버려 두었다. 새로 집 계약을 하면서 그제야 모기장을 고치고 구멍에 붙인 스포츠테이프를 뜯어냈다. 그래도 감옥처럼 보이는 것은 여전하지만, 훨씬 마음이 놓였다.

한번은 물탱크가 고장이 나서 수리하느라 애를 먹기도 했다. 자꾸 말이 바뀌고, 약속 시간도 잘 지키지 않아 물탱크를 고치는 데 거의 6주가 걸렸다. 이런 과정들 때문에 화가 정말 많이 났지만 화를 낸다고 해도 해결될 일이 아니었다. 담당자에게 전화를 걸고 사무실에 직접 찾아가 불평을 해도 변하는 것은 없었다. 나중에는 그저 수리 기사님들이 집에 와 주시는 것만으로도 감사했다. 이런 것을 해탈이라고 하는 걸까.

여기에서의 삶은 그야말로 '좌충우돌'이었다. 화가 나서 화를 내면 오히려 내가 이상한 사람이 되는 것 같았다. 이해하려고 해도 잘되지 않는 일들이 많지만, 로마에 왔으면 로마법을 따라야 하는 것 아니겠는가. 그저 큰일이 일어나지 않는 것만으로도 하루하루 감사하며 살았다.

제 2 장

솔로몬제도는 처음이라

강제 다이어트

솔로몬제도에서 가장 고생스러운 것은 바로 '음식'이었다. 평소 음식을 질보다는 양으로 먹는 편인 데다 입맛이 까다로운 편이 아니라 어디를 가나 음식으로 고생한 적이 없었는데 이상하게 여기에서는 다른 곳에 있을 때보다 더 배가 고팠다. 하지만 워낙 요리하는 것을 좋아하지 않아 항상 대충 식사를 해결하곤 했다.

솔로몬제도로 오기 전 요리단원 선생님과 함께 교육을 받을 때만 해도, 이참에 요리를 좀 배워야겠다고 생각했었다. 하지만 결국 요리단원 선생님은 함께 오지 못했고, 계획은 물거품이 돼 버렸다. 자문단 선생님이 2월에 주고 간 미역을 파견이 끝나는 12월까지 먹을 정도였다. 가끔은 마켓에서 싸게 파는 오이를 이용해 오이무침을 해 먹기도 하고, 달걀과 양파에 통조림 참치를 넣은 퓨전 볶음밥을 해 먹기도 했다. 두부를 사 와 튀기는 건지 굽는 건지 아무튼 요리를 해서 간장에 찍어 먹기도 했고, 파스타도 해 먹었다. 그리고 닭고기와 돼지고기를 사서 고추장과 볶아 먹은 적도 있다. 그 외에는 딱히 요리를 한 기억이 없다.

태권도 수업을 하면 도복이 흥건히 젖을 정도로 땀을 많이 흘린다. 체력 소모도 이만저만이 아니라 잘 먹어야 하는데 1년간 거의 매일 빵과 라면으로 끼니를 때웠다. 잘 챙겨 먹지 않는 나 때문에 다른 단원분들과 코디분들이 걱정을 많이 하셨다.

한국에서 체중 72㎏을 유지하던 내가 솔로몬제도에서 66㎏이 됐다. 고등학교 시절에는 체중 감량하기가 그렇게 싫었는데 솔로몬제도에 가면서 고등학교 때보다 체중이 줄었다. 다이어트를 할 생각도 없었는데, 강제 다이어트를 하게 된 것이다. 그래도 이건 그저 나의 게으름 탓이었다. 다른 단원들은 재료를 사서 요리를 해 먹으면 충분히 돈을 아낄 수 있다고 했지만 내겐 쉽지 않은 일이었다. 나는 요리라면 그저 귀찮기만 하고, 흥미도 잘 붙지 않았다. 닭 한 마리가 1만 5000원 정도, 달걀은 10개에 6000원 정도였으니 요리를 하는 것도 그리 저렴하지는 않았다. 외식도 부담이었다. 다른 단원들은 다 잘 챙겨 먹고 잘 지내는데, 나만 살기 힘들다고 하는 것은 괜한 투정인 듯해서 그저 버틸 뿐이었다.

나는 평소 해외에 나가면 그 나라의 전통 음식이나 길거리 음식 등 현지 음식들을 자주 먹는 편이다. 그런데 솔로몬제도에 전통 음식이라고는 '모투' 말고 없었다. 사실 모투도 전통 요리 방법이지 음식은 아니다. 현지인들의 식탁에는 대부분 생선과 바나나, 카사바, 고구마가 올라온다. 이것 외에 가장 흔하게 볼 수 있는 것이 '피시 & 칩스'인데 이 역시 간편하게 허기를 면하기 위한 음식이기 때문에 특별한 것은 없다고 할 수 있다. 그저 생선에 감자가 아닌 고구마나 카사바를 함께 곁들여 먹는다는 것 정도다.

이 나라의 전통 음식 맛을 보고 싶은데 특별한 것이 없다는 점이 무척 아쉬웠다. 그저 간혹 냄비에 코코넛 밀크와 생선을 넣고 끓여 먹거나 채소를 곁들여 먹는 게 다였다. 그래도 가끔 아랫집에 있는 베글렌 어머님이 생선 음식을 해 주시곤 했는데, 그럴 때마다 한 끼 식사가 해결돼 얼마나 감사했는지 모른다.

'인생은 멀리서 보면 희극, 가까이에서 보면 비극이다'라는 말이 있다. 소셜네트워크 서비스에 올라오는 단원들의 사진을 보면 항상 행복해 보일 것 같지만 늘 그렇지는 않았다. 다른 단원들은 집에 불이 나고, 도둑질을 당하고, 말라리아에 걸려 힘들어할 때 나는 배고픔 때문에 힘들었다. 그래도 큰 사고를 겪은 적이 한 번도 없다는 것은 정말 다행스러운 일이었다. 다른 단원들은 죽을 고비도 여러 번 넘겼다고 하는데, 그에 비하면 나는 정말 운이 좋은 편이었다.

처음에는 먹는 것 때문에 무척 힘들었지만, 시간이 지나면서 적응이 됐다. 항상 운동을 하고 고구마와 카사바를 쪄 먹다 보니 저절로 체중 감량이 되고 근육량도 자연스럽게 늘어난 것이다. 솔로몬제도에서 잘 챙겨 먹지 못한 것이 오히려 건강을 되찾아 준 셈이랄까.

마스터 리 입장

태권도 단원으로서 갖는 첫 번째 공식 태권도 수업이 있던 날. 오전 5시부터 7시까지 하는 새벽 수업이었다. 소수의 사람들이 학교나 직장에 가기 전에 와서 운동을 한다고 했다. 내가 살고 있는 집으로 솔로몬제도 태권도협회 부회장 데릭이 와서 새벽 운동 장소로 함께 이동하기로 했다. 나는 새벽부터 일어나 운동 준비를 마치고 기다렸다. 하지만 아무도 오지 않았고 연락도 없었다. 협회 부회장 데릭에게 전화해 보니 어제저녁부터 내리던 비가 새벽까지 이어져 수업이 취소됐다며 오후에 보자고 말했다. 잠결에 전화를 받았는지 말이 횡설수설했다. 혹시 취소되면 미리 전화해 주기로 했는데, 깜빡한 모양이었다.

첫 삽을 뜨는 날인데 새벽부터 수업이 취소되니 기분이 오묘했다.

다음 일정을 위해서는 오후 4시까지 기다려야만 했다. 태권도 단원으로서 활동 일정은 이렇다.

-매일 오전, 5시부터 7시, 새벽 운동(총무 알릭의 사무실 공터)
-월·금요일 오후 5시부터 7시, 정규수업(다목적 체육관)
-화·수·목요일 오후 5시부터 7시, 정규 수업(마라나타 홀)

새벽과 오후 운동 외에 오전이나 점심에도 학교에서 수업하기로 했는데 태권도협회가 일정을 쉽게 잡지 못했다. 처음이다 보니 일정을 잡는 데 어려움이 있는 것 같았다. 충분히 이해하지만, 그래도 새벽 운동이 끝나고 오후 5시 수업까지는 너무 긴 기다림이 필요했다. 오후 태권도 수업을 위해 4시에 나를 데리러 온다고 한 데릭은 4시 30분이 되도록 전화가 없었다. 내가 전화를 했더니 받지 않았다. 무슨 문제가 생긴 것은 아닐까 싶어 걱정됐다. 폭우 때문에 도로가 엉망이라 길이 많이 막히는 것 같기도 했다.

오후 5시가 넘어서야 집 앞이라며 전화가 왔다. 수업이 5시부터인데 지금 집 앞에 도착하다니… 데릭을 비롯해 태권도협회 임원들은 모두 다른 직업을 가진 상태라 태권도 도장에만 집중하기 어려운 상황이라는 말을 들은 적이 있었다. 데릭은 너무 바빠 늦었다며, 미안하다고 말했다. 그의 사과를 들으니 답답하고 화났던 마음이 스르르 풀렸다.

집에서 다목적 체육관까지는 걸어서 20분 정도 거리인데, 차를 타고 가니 길이 막혀서 오히려 더 오래 걸리는 것 같았다. 나중에 현지 생활에 적응이 되면 혼자 걸어 다니는 게 더 나을 듯하다는 생각이 들었다. 결국 오후 6시가 돼서야 다목적 체육관에 도착했다. 이곳에서는 AISO TAEKWONDO라는 이름의 태권도 수업이 진행되고 있었다. AISO는 태권도협회장 '필립'의 별명으로, 필립과 데릭이 함께 관리하는 수업이었다. 체육관에 들어가니 학생들이 몸을 풀고 있었다. 첫 수업을 이렇게 시작해서 너무 미안했다.

이곳에서 태권도 사범 '에릭'과 '클라이드'와 만나 인사를 나눴다. 에릭은 2017년 대한민국 무주에서 열린 세계태권도 겨루기 선수권 대회에 참가한 적이 있다고 했다. 그때 타지키스탄 대표팀 선수와 겨루어 패배했다고 하는데, 알고 보니 그 선수는 내가 2016년 세계태권도 평화봉사재단 소속으로 타지키스탄에 파견됐을 때 함께 운동한 학생이었다. 이렇듯 겹치는 인연들이 신기하고 반가웠다. 사범과 학생들 숫자를 세어 보니 모두 열다섯 명이었다. 비 오는 날은 체육관까지 오는 게 불편해 학생들이 많이 오지 않는데 많을 때는 50명 가까이 온다고 했다.

코디님의 조언대로 나는 일주일 정도는 현지 사범들이 어떤 식으로 수업을 진행하는지 보고 싶었다. 태권도는 대한민국 국기이지만 200개국이 넘는 국가에서 수련하다 보니 나라마다 지도 방법이 다르고, 동작들도 조금씩 다른 부분이 있다. 그런 차이를 존중하기에, 나는 그곳의 방식에 맞춰 수업을 진행하고 싶었다. 하지만 나의 바람과 달리 데릭은 바로 수업을 시작했으면 좋겠다고 했다. 결국 나는 첫날부터 바로 수업을 하게 됐다.

한 달의 현지 교육 기간 중 이 순간만을 기다려 왔기에, 나는 학생들 앞에 기쁜 마음으로 섰다. 그리고 첫 수업인 만큼 줄을 맞추어 서서 몸을 푼 다음 기본 동작과 발차기부터 훈련했다. 피부색도, 언어도, 문화도 다르지만 태권도를 할 때는 의사소통에 큰 문제를 느끼지 못한다. 모두 웃으며 땀 흘리고 기합을 넣을 때마다 얼마나 즐거운지 모른다.

수련생들의 수준이 높은 편은 아니었지만, 노란 띠를 맨 학생들 중 간혹 실력이 좋은 친구들이 보였다. 태권도를 수련한 지 얼마나 됐는지 물어보니 짧게는 2년, 길게는 4년이라고 했다. 그런데도 아직 노란 띠를 매고 있는 것이 의아했는데, 알고 보니 그동안 승급심사가 이뤄지지 않았기 때문이었다. 그렇게 긴 기간 동안 왜 심사를 하지 않았는지 이해가 되지 않았지만, 이로써 내가 이곳에서 해야 할 또 하나의 임무가 추가됐다.

다목적 체육관에는 매시간 정해진 일정이 있기 때문에 태권도 수업이 끝나면 바로 자리를 비워줘야 한다. 그래서 7시 이전에 정리 운동까지 마무리를 지어야 한다. 7시가 되기 전부터 축구공을 손에 든 사람들이 하나둘 체육관으로 들어오더니 잠시 후 스무 명 정도가 공을 가지고 몸을 풀기 시작했다.

원래 두 시간 수업이지만, 너무 늦게 도착하는 바람에 결국 첫 수업은 40분 정도밖에 하지 못했다. 현지 교육을 받는 동안 온종일 사무실에 앉아 있느라 너무 답답해 하루빨리 현장에서 활동하고 싶은 마음이 간절했는데, 오랜만에 이렇게 수업을 하니 눈 깜짝할 사이에 시간이 지나가 버렸다. 아쉽지만 첫날이니 이 정도로 만족하고 수업을 종료할 수밖에…. 그러나 짧았지만 정말 즐거운 시간이었다.

첫 번째 공식 태권도 수업

빗물의 재발견

가끔 발생하는 단수가 유독 오래 이어지는 날이 있었다. 점심시간부터 저녁까지 물이 나오질 않았다. 평소에는 물이 끊겨도 빠르게 복구가 됐는데 이상하게 그날은 늦은 저녁 시간이 되도록 물이 나오지 않았다.

오후 운동을 마치고 집에 간 나는 어떻게 하면 씻을 수 있을까 궁리했다. 저녁을 먹고 설거지도 해야 하는데 하필이면 항상 몇 상자씩 사 놓는 생수도 다 떨어진 상태였다. 조금만 기다리면 물이 나오겠지 싶어 기다렸지만 9시가 돼도 나오지 않았다. 더 이상 물이 나오기만을 기다리는 것은 안 되겠다 싶어 포기해 버렸다. 그리고 아랫집으로 내려갔다. 아랫집에 사는 베글렌은 마당 의자에 앉아서 먼 산을 바라보고 있었다. 나는 베글렌에게 물었다.

"오늘 물이 안 나오는데 저녁에 어떻게 씻을 거예요?"

"우리는 이미 다 씻었어."

나는 아직 씻지 못했는데 혹시 물을 사용할 수 있는 곳이 있는지 물으니 우리 집 앞에 있는 물탱크 물을 사용하라고 했다. 항상 지나다니면서 봤는데, 가끔 한 블록 떨어져 있는 이웃들이 물탱크에서 물을 담아 가거나 야외 샤워를 하기도 했다. 나도 이 물을 사용해도 되는 건지 잘 몰랐는데, 베글렌은 사용해도 된다고 했다.

그도 그럴 것이 솔로몬제도는 대부분 빗물을 받아 사용하는데, 여러 집의 지붕에 내린 비가 물탱크로 모일 수 있게 설계돼 있다. 우리 집 지붕에 떨어지는 빗물도 이 물탱크에 모이기 때문에 내가 사용하지 못할 이유가 없는 것이다. 나는 집으로 뛰어가 빈 생수통을 가지고 왔다. 그리고 물탱크로 가 빗물을 담기 시작했다.

최근에 비가 계속 내린 덕분에 다행히 물탱크에는 물이 충분히 들어 있었다. 물이 어찌나 힘차게 나오는지, 생수통 한 묶음인 12개를 채우는 데 그리 오래 걸리지 않았다. 우리 집 수압이 이 정도만 됐으면 좋겠다는 생각을 했다. 물을 몸에 붓기 전에 곰곰이 생각해 봤다.

'안전하겠지?'

갑자기 걱정됐다. 물탱크마저 어찌나 오래돼 보였는지…. 잠시 망설였지만 마시는 게 아니라면 괜찮을 거라는 결론을 내렸다. 땀에 찌든 채로 찝찝하게 자는 것보다는 빗물로라도 씻는 게 100배 나을 듯했다.

첫 번째 물통의 뚜껑을 열고 몸에 부었다. 얼마 붓지도 않은 것 같은데 벌써 한 통이 비워졌다. 12개의 물통으로 씻기 위해서는 물 조절을 잘해야겠다 싶었다. 두 번째, 세 번째 물통을 쓰며 샤워를 했다. 물이 정말 시원했다. 비 오는 날 우산을 쓰지 않고 비 맞는 것을 좋아하는데 빗물로 씻는다고 생각하니 더 상쾌하게 느껴졌다. 그렇게 샤워를 하고 나니 더 이상 단수가 걱정되지 않았다. 바로 앞에 빗물을 받아 놓는 물탱크가 있다고 생각하니 마음이 든든했다. 물론 단수가 된 상황에서 물탱크도 비어 있다면? 그것은 재앙이나 다름없을 것이다.

역시 어디를 가나 물이 가장 중요하다. 그래서 나는 생수를 살 때도 항상 넉넉하게 사 두었다. 생수를 살 때마다 동료가 차로 옮겨준 덕분에 매번 거의 10상자씩 쟁여놓을 수 있었다. 그런데 이마저도 금방 동이 났다. 이곳 날씨가 워낙 더운 데다 내가 평소 땀을 많이 흘리는 편이라 물을 많이 마시기 때문이다. 이 날씨에 운동하며 물까지 충분히 마시지 못한다면 활동이 끝나기 전에 쓰러질지도 모른다. 그래서 나갈 때는 물을 두세 통 챙겨서 나가곤 했다. 한 통은 내가 마시고, 나머지는 냉장고가 없는 현지인들에게 나누어 주기 위한 것이었다.

생수가 다 떨어진 날에는 빗물을 받아 마실지언정 수돗물은 절대 마실 수가 없었다. 솔로몬제도의 수돗물이 석회수로 악명이 높기 때문이다. 지금은 많이 좋아졌다지만 예전에는 설거지를 하고 나면 석회 가루가 하얗게 낀 모습을 쉽게 볼 수 있었다고 한다. 솔로몬제도 한인들 사이에서 대대로 전해지는 이야기에 의하면, 예전에 이곳에서 오랜 기간 지냈던 한 한국인은 젊은 나이에 겁 없이 수돗물을 마시다 나중에 담석이 생겨 엄청 고생했다고 한다. 그래서 나는 설거지를 할 때는 항상 KOICA에서 나누어 준 필터기를 사용하고, 식수는 꼭 생수를 사서 마셨다.

단수가 돼도 빗물을 받아 놓는 물탱크가 바로 앞에 있는 집. 이 집은 정말 싫어하려야 싫어할 수가 없었다.

지연을 중시하는 솔로몬

수업을 하다 보니 조금 이상한 점이 있었다. 원래 새벽 운동 시간에는 국가대표팀과 함께 훈련을 할 예정이라 일반 태권도 수업에서는 하지 못하는 겨루기 수업을 집중적으로 하려고 했는데, 막상 가 보면 아직 발차기도 잘하지 못하는 학생이나 현지 사범들의 어린 자녀들뿐이었다. 고작해야 4명에서 7명이 전부였는데 이마저도 자주 취소되고, 오후 수업까지 기다려야 하는 날이 많아지면서 나는 슬슬 짜증이 나기 시작했다. 이 상태로 계속 가면 안 될 것 같아 태권도협회 동료들과 새벽 운동에 대한 얘기를 나눴다.

대화를 하다 보니 정말 많은 문제점이 보이기 시작했다. 국가 대표팀이라면 공정한 선발 과정을 통해 솔로몬제도 전체 태권도 수련생들 중 가장 실력 있는 선수를 뽑아야 하는데, 솔로몬제도 태권도협회는 자신들을 포함해 친한 사람들을 위주로 국가대표팀을 구성하고 있었다. 그 중심에는 솔로몬제도의 '원톡(One-Talk) 시스템'이 자리 잡고 있었다. '원톡'이란 같은 출신 지역 사람들끼리만 알아들을 수 있는 언어라는 뜻이다. 지역 억양에 따라 구분되는 사투리와는 다르게 솔로몬제도에서는 같은 나라, 섬 출신이어도 마을마다 말이 완전히 달라 서로 알아들을 수 없는 상황이 발생하기도 한다.

솔로몬제도는 약 1000개의 크고 작은 섬으로 이루어진 나라로, 각 섬과 지역마다 독립적인 언어를 사용하고 각기 다른 문화를 가지고 있다. 총 몇 개의 언어가 사용되고 있는지 정확히 알고 있는 사람은 없다고 한다. 피진어로 대화하면 대부분 서로 의사소통이 가능하지만, 같은 지역 출신들끼리 자신들만 아는 지역 고유의 언어로 대화하면 같은 솔로몬제도 사람이라도 전혀 이해할 수가 없다. 솔로몬제도의 '원톡 시스템'은 현지인들의 생활 깊숙이 자리 잡고 있다. 그래서 출신 지역이 같은 사람들끼리 끈끈한 유대 관계를 형성하며 살아간다. 이런 끈끈함이 장점이 되기도 하지만 큰 단점이 될 때도 있다.

각 지역 사람들이 수도인 호니아라에서 일을 하기 위해 이동하는 경우가 많은데, 그럴 때는 수도에 먼저 자리를 잡은 가족이나 동네 사람들의 집으로 들어가 신세를 진다. 그러면 잠자리나 먹을거리를 무조건 제공해 줘야 한다고 한다. 만약 그렇게 하지 않으면 고향에서 안 좋은 소문이 나기도 한단다. 이런 원톡 시스템이 생활에 부담을 주기도 해서 경제적으로 어려움을 겪는 현지인들이 의외로 많다.

시내에 있는 한 식당에는 '원톡'이라는 메뉴가 있었다. 이 메뉴를 주문하면 특별한 음식이 나오는 것은 아니지만 3~4명이 먹을 수 있는 양의 음식이 나온다. 평소에 식당에서 볼 수 있는 3~4인분 음식과 같지만 '원톡'이라는 이름을 메뉴에 넣은 것이 흥미로웠다. 식당 메뉴에 '원톡'이라는 이름이 들어갈 정도로, 원톡 시스템은 솔로몬제도 전체에 흔했다. 국가대표팀은 물론 오세아니아 태권도협회에서 지원하는 코치와 심판 등 적절한 선발 과정이 필요한 인원이 대부분 솔로몬제도 협회 동료들의 '원톡 시스템'으로 이루어져 있었다. 솔로몬제도 태권도협회장과 부회장은 친척 관계이고, 총무 역할을 맡고 있는 알릭은 이들과 같은 고향 사람이었다. 두 개의 체육관을 지도하는 사범들도 모두 '원톡'이었던 것이다.

이것은 분명 개선해야 할 문제라는 생각이 들었다. 다만 아직은 수업을 시작한 지 얼마 되지 않았고, 동료들과도 서로 알아가는 과정이라 조심스러워 천천히 접근해야 할 것 같았다. 이들에게는 지금까지 해오던 방식이 있으니 새로운 변화를 원하지 않을 수 있는 상황이었다. 하지만 국가 대표팀 선발만은 어떻게든 공정하게 이루어질 수 있도록 파견 기간이 끝나기 전에 힘쓰고 싶었다.

솔로몬제도
제1회 현지평가

솔로몬제도 KOICA 단원들의 현지평가 회의가 1박 2일에 걸쳐 진행됐다. 다른 국가의 경우 각 지방에 파견된 모든 단원들이 수도로 모여 각자의 활동 경험을 비롯해 여러 가지 이야기들을 공유한다고 한다. 우리는 단원이 3명뿐인 데다 모두 수도에서 생활하고 있어 평소에도 자주 마주치고 이야기도 많이 나누는 편이었다. 그래도 솔로몬제도에서 처음으로 하는 현지평가 회의인 만큼 조촐하게나마 실시했다.

회의는 헤리티지 파크 호텔에서 진행됐다. 구경은 나중에 하기로 하고, 먼저 현지평가 회의를 하기 위해 모두 회의실에 모여 앉았다. 코디네이터님이 간략하게 평가 회의의 취지를 설명하고, 현장사업에 대한 얘기로 넘어갔다. 두 명의 선배 단원이 진행 중인 현장 사업은 마무리 단계에

접어들어 있었다. 나는 1년이라는 활동 기간 때문에 현장 사업에 참여할 수 없는 게 참 아쉬웠다. 처음부터 현장 사업은 할 수 없다는 얘기를 듣고 크게 관심을 가지지 않았는데, 이 회의를 통해서 현장 사업이라는 게 정말 큰 프로젝트라는 사실을 실감했다.

우리나라는 솔로몬제도에 산림 자원 관리 및 수산업 발전 등 많은 공적개발원조(Official Develop Assistance, ODA)를 하고 있다. 특히 솔로몬제도 국립대학교의 수산대학을 지원해 강의실과 교수실을 만들고 수산업 전문가들을 파견하고 있다. 수산대학을 위해 55억 원이 넘는 돈을 지원했는데 그 규모가 굉장하다고 한다. 실제로 수산대학교에 견학을 가 보니 입구 바로 앞에 대한민국 국기와 KOICA의 마크가 있었다.

그것을 보는 내내 가슴이 뭉클했다. 이곳 대학생들이 수산업과 관련된 좋은 직장을 갖고, 솔로몬제도의 수산업 발전에도 기여하고 있다고 하니 KOICA가 진행하는 여러 사업과 프로젝트 중 현장 사업이 차지하는 규모가 굉장히 크다는 사실을 다시 한번 느낄 수 있었다. 이 정도의 큰 규모는 아니더라도 선배 단원들이 진행하는 현장 사업 이야기를 들으면 그저 부러웠다. 선배 단원들은 산모들의 안전한 출산을 위한 클리닉을 만들고 학교에 화장실을 짓는 현장사업을 진행했다. 이 사업들은 해당 지역과 현지인들에게 정말 큰 도움이 됐다고 한다.

현장 사업에 대한 이야기가 끝나고, 각자 단원의 활동 현황에 대한 발표로 넘어갔다. 내 차례가 돼 태권도 활동에 대한 발표를 하는데, 시간이 지나면서 나도 모르게 가지고 있던 불만이 하나둘씩 나오다 그동안 쌓인 울분이 터져 버리고 말았다. 그저 다양한 사람들에게 태권도를 가르치고 싶다는 생각 하나로 이곳에 왔지만, 태권도를 가르치기보다는 현지인들 사이에서 정치를 하고 있는 것은 아닌지 고민이 많이 됐다. 매번 여러 사범들 사이에서 누가 잘났다는 소리나 듣고 있으니 태권도 단원으로서의 활동에 회의감이 들었다.

수업을 하면서 더 많은 사람들을 만나고, 더 바쁜 하루를 보내고 싶었을 뿐인데, 현지인들에게는 욕심 많은 인간으로 비치는 것 같았다. 그리고 현지인들의 삶에 완전히 녹아들고 싶었지만 아직 그러지 못한 것 같아 조바심도 들었다.

혼자 가지고 있던 고민들을 단원들과 코디님들에게 털어놓고 나니 마음이 한결 편해졌지만 철부지 소년이 된 것 같은 기분이 들었다. 현지평가 회의 시간 내내 나의 불만에 관해서만 얘기하고 투정을 부린 것 같아 모두에게 미안했다.

현지평가 회의 시간 동안 배운 점이 많았다. 여전히 이해가 되지 않는 내용들도 많지만, 그동안 태권도만 해 오던 내가 국제기구, 경제협력,

공적개발원조에 대해 이야기하는 자리에 와 있으니 감회가 새로웠다. 특히 시니어 선생님들을 보면서 나이가 들어도 저렇게 열심히 도전하는 삶을 살고 싶다는 생각도 하게 됐다.

공항에서 호니아라 다운타운으로 들어오는 길에 유엔개발계획 사무실이 있다. 그 사무실 벽에 이런 현수막이 붙어 있었다.

'World is our stage.'(세계는 우리의 무대다)

나 또한 태권도를 통해 세계라는 무대에 서서 내 꿈을 펼쳐 보고 싶다.

병은 병원에서

첫 현지 교육 시간에 코디님이 “체육교육 단원들이 건강에 자신만만하지만 실제로는 가장 많이 다친다”고 하셨다. 틀린 말이 아니다. 운동을 많이 하는 사람이니 자기 건강 정도는 잘 챙길 거라 여기지만, 오히려 그 반대이다. 자신의 건강을 자만하기 때문인지, 모든 활동에 무모할 정도로 적극적이고 관리나 예방에도 소홀하며 부상이 발생한 후에도 잘 치료를 하지 않아 부상을 더 키운다.

그 얘기를 들은 후 건강관리에 더 신경 썼지만, 나도 솔로몬제도에 있는 1년 사이에 몇 년 치 아플 것을 다 몰아서 겪었다. 특히 바다에서 수영을 하고 오면 이상할 정도로 손과 발에 상처가 많이 나 있었다. 산호나 벌레 같은 것들이 자꾸 나를 괴롭히고 내 몸에 상처를 냈다. 특히 샌

드플라이라는 벌레는 현지 사람들에게도 악명 높은 놈들이었다. 모래 안에 숨어 공격하는데 처음에 물리고 나면 하루나 이틀 동안 아무 이상이 없다가 이후부터 통증이 느껴지고 가렵기 시작했다. 그리고 검은 가시를 온몸에 두른 성게같이 생긴 놈은 한번 잘못 건드렸다간 가시가 모두 박혀 버리기 일쑤였다.

한번은 수영을 하고 집에 오니 손목에 작은 상처가 나 있었다. 이 정도 상처에 약을 발라본 적이 없었기 때문에 이번에도 가만두면 시간이 해결해 주리라 믿었다. 하지만 날씨도 더운 데다 수업을 하다 보면 여기저기 사람들과 접촉하게 돼 상처 난 곳이 빨리 아물지 않았다. 그렇게 1주일, 2주일이 지나고 보니 상처가 더 커지고 고름이 나오기 시작했다. 손목에 있는 고름이 보기 싫어서 면봉으로 짜고 빨간약도 발랐지만 나아질 기미가 보이지 않았다.

그러던 어느 날, 충격적인 일이 있었다. 야외에 앉아 있다 가려워서 보니 개미가 내 살을 점심으로 해결하고 있었던 것이다. 그 모습이 너무 징그럽고 흉측해서 선배 간호 단원에게 어떻게 하면 좋을지 물어봤다. 간호 단원은 항상 청결을 유지하고 약을 꾸준히 바르라고만 할 뿐 별다른 조치를 취해 주지 않았다. 이 정도면 진작 사무실에 보고하고 병원에 가도 됐건만, 그렇게 상처가 곪도록 병원에 가지 않고 버텼으니 나도 참 미련했다. 더 견딜 수 없었던 나는 결국 고집을 꺾고 병원을 방문했다. 의사 선생님은 내 손목의 상처를 보자마자 샌드 플라이의 소행임을 알아보고 약을 처방해 주셨다. 바르는 연고도 주셨는데 포장지에 'Antibiotics'라고 적혀 있었다.

'항생제'였다. 특별한 약을 기대했지만 항생제 하나와 상처 부위의 가려움증을 완화하는 약만 처방해 주니 못내 실망스러웠다. 하지만 3주 동안 그토록 낫지 않던 상처는 항생제 하나에 바로 나았다.

하루는 아침에 일어나보니 목과 코가 답답했다. 오후 수업이 끝나고 집에 오니 머리가 지끈거리기 시작하더니 다음 날 아침에는 열도 나기 시작했다. 시간이 지나면 좋아지겠지 하며 크게 신경 쓰지 않았지만 이틀째에 두통까지 심해지자 슬슬 걱정이 되기 시작했다. 감기몸살인 경우는 잘 먹고 잘 쉬어주면 괜찮지만 혹여 말라리아에 걸린 것이라면 큰 일이었다. 말라리아는 말라리아원충에 감염된 모기에 의해 전파되는 급성 열성 전염병이다. 말라리아원충이 내 핏속으로 들어와 온몸을 휘젓고 다닌다고 생각하니 정말 끔찍했다.

나는 두통이 이틀 넘게 지속되자 말라리아를 의심하기 시작했다. 현지 교육 때 두통이 있거나 말라리아 의심 증상이 나타나면 말라리아 키트를 이용해 검사를 해보고 음성이 나오더라도 꼭 병원을 방문해 재검사를 받으라고 했었다. 나는 텔레비전 아래 먼지가 수북이 쌓여 방치돼 있던 말라리아 키트를 꺼내 검사를 시작했다.

'음성'

다행이었다. 그래도 큰 병원에 가서 다시 검사를 받아야 했다. 나는 최종 음성 판정을 받았다. 매일 걸어 다니느라 먼지를 많이 먹어 호흡기에 문제가 생긴 모양이었다. 이상하게도 그렇게 긴장을 하고 병원을 다녀오면 다음 날 병이 싹 낫곤 했다. 학창 시절 조금만 아프면 '땡땡이' 치고 싶어서 심각한 척 연기를 하지만 막상 양호 선생님과 대면하면 아픈 게 싹 사라지던 상황과 비슷했다.

처음에 나는 몸이 아프면 그냥 혼자 버티려고 했다. 평소에도 병원에 잘 가지 않는 편인 데다 시간이 해결해 주리라는 믿음이 있었다. 게다가 현지 병원에 대한 좋지 않은 첫인상도 있었다. 그러다 보니 쉽게 끝낼 수 있는 것도 더 오래 질질 끌곤 했다. 하지만 이렇게 병원을 다녀와 보니, 아플 때는 바로바로 병원에 가는 게 마음 편한 일임을 알게 됐다. 만약 내가 한국에서 샌드 플라이라는 벌레에 물리거나 말라리아에 걸렸다면 빠르게 원인을 찾거나 치료를 받을 수 있었을까? 그렇지 않았을 것이다. 솔로몬제도 병원이기에 이곳 환경에 따른 정확한 원인을 찾아내고 빠르게 대처할 수 있었던 것이다. 시설은 조금 낙후돼 보이더라도, 갑자기 몸이 아플 때는 누구보다 이곳 환경을 잘 이해하고 있는 의료진에게 도움을 청하는 것이 현명한 일이다.

KOICA에서도 단원들을 대상으로 건강관리와 안전에 대한 교육을 주기적으로 실시하고 있는데, 정작 나는 자신에게 너무 소홀했다는 생각이 들었다. 이 일을 통해 KOICA 지정병원을 알게 됐고, KOICA에서 단원들의 의료비를 지원하고 있다는 사실도 다시금 알게 됐다. 이 모든 게 코디님들과 봉사단원들이 관심을 갖고 도와준 덕분이었다.

항상 '인생은 혼자'라고 외쳤지만, 세상은 결코 혼자 살 수 없는 모양이다.

자유로운 영혼

솔로몬제도에서 길을 걷다 보면 담배를 한 개비씩 파는 노점상을 쉽게 볼 수 있다. 담배 한 갑이 33달러(약 4,900원)인데, 한 개비당 2달러에 팔고 있었다. 한 갑에 스무 개비가 들어 있으니 한 갑을 다 팔면 7달러를 버는 셈이었다. 그들은 그렇게 온종일 앉아 담배와 비틀넛 등을 팔았다. 정말 하루 종~일 그러고 앉아 있었다.

나는 이 사람들이 어떻게 온종일 한자리에 앉아 있을 수 있는지 궁금했다. 도대체 무슨 이야기를 하며 시간을 보내는 걸까. 그래서 다음에 기회가 된다면 하루 날을 잡아서 나도 종일 함께 앉아 있어 보고 싶었다. 그러면 왠지 새로운 깨달음을 얻을 수 있을 것만 같았다.

얼마 후 모처럼 아무 일정 없던 날, 드디어 도전장을 내밀었다. 집 앞에서 담배와 비틀넛을 파는 사데라는 친구와 함께 있어 보기로 한 것이다. 사데는 솔로몬제도 국립대학교인 시누(Solomon Island National University, SINU)에서 공부했지만 학비가 부족해 잠시 휴학 중이었다. 일을 해서 돈을 벌면 복학할 계획이라고 했다.

사데와 나는 매일 보며 친해져서 서로 장난도 잘 치고 농담도 자주 주고받는 사이였다. 내가 가끔 "대학 학비는 안 벌고 왜 여기서 담배나 피우고 친구들이랑 놀고 있느냐"고 물어보면 사데는 "직장에 지원서를 넣은 것이 아직 답이 없어서 그런다"며 농담을 하곤 했다. 아무튼 웃긴 녀석이었다. 그런 사데와 함께라면 온종일 앉아 있는 것도 그리 어렵지 않을 것 같았다.

나는 사데 옆에 자리를 깔고 앉은 뒤 이미 비틀넛을 씹고 있는 현지인 아저씨와 얘기를 나누었다. 현지인들은 매번 나에게 결혼은 했는지 물어보곤 했다. 아직 결혼하지 않았고 여자친구도 없다고 하면 항상 소개해 준다고들 하는데 다들 말만 하고 실제로 소개해 주는 사람은 하나도 없었다.

솔로몬제도는 영어로 대화가 가능하기 때문에 좋은 점들이 많았다. 나도 영어를 썩 잘하는 것은 아니지만 일상 대화는 가능하기 때문에 현지인들과 더 오랜 시간 대화할 수 있었고, 그만큼 더 친해질 수 있었다. 한참 이야기를 나누고 있는데, 멀리서 남자 한 분이 다가와 나에게 혹시 한국인이냐고 물었다. 내가 입고 있는 KOICA 옷을 보고 알아챈 것 같았다. 맞다고 했더니 그분은 KOICA를 칭찬하기 시작했다. KOICA와 특별한 관계가 있는 것은 아니지만 신문을 통해 알게 됐다고 했다.

솔로몬제도에는 중국인들이나 일본국제협력기구(JICA)를 통해 파견된 일본 봉사단원들이 많은 편이라 처음 만난 현지인들은 대부분 내가 중국인이나 일본인일 거라 여기곤 했다. 그래서 이렇게 단번에 한국인임을 알아봐 줄 땐 괜히 감동스럽고 기분이 좋았다. 참 사소한 일이지만 해외에서만 느낄 수 있는 소소한 기쁨이라고나 할까. 물론 내가 KOICA 옷을 입고 있지 않았다면 한국인임을 몰랐을 수도 있을 것이다.

솔로몬제도 사람들이 내 국적을 물어보면, 나도 그들의 출신을 맞춰보곤 했다. 솔로몬제도는 9개의 섬으로 이루어져 있는데 각 섬과 지역마다 사람들의 생김새와 특징이 조금씩 달랐다. 웨스턴주)와 초이셀주는 적도에 가까운 지역이라 다른 지역 사람들보다 피부가 더 검은 편이었다. 그리고 바로 아래에 있는 이사벨주 사람들은 다른 지역 사람들보다 밝은 피부색을 가지고 있었다.

솔로몬제도에서 오랜 시간 지내다 보니 나중에는 겉모습만 봐도 그

출신을 알아챌 수 있게 됐다. 잘 모를 때는 그냥 '말레이타' 출신이냐고 하면 대부분 맞았다. 그 섬의 인구가 가장 많은 데다, 호니아라로 많이 이주해서 살고 있기 때문에 대부분의 사람들이 말레이타 출신이었던 것이다. 출신 지역을 맞추는 것이 그리 대단한 일은 아니지만, 그래도 그런 대화를 나누다 보면 현지인들과 친밀해지는 데 많은 도움이 되곤 했다.

내가 한국인인 것을 알아본 손님에게 나는 "앞으로 이곳을 많이 이용해 달라"며 사데의 노점상을 홍보했다. 그런데 사데는 별로 흥미가 없는 듯 비웃었다. 손님이 오든 말든 딱히 신경 쓰지 않는다는 투였다. 그러고 보면 사데는 앉아 있는 내내 호객행위 한 번 하지 않았다.

내가 처음 솔로몬제도에 왔을 때 사데는 학비를 벌 수 있는 일을 찾고 있다고 했다. 그런데 한참 시간이 지나도 노점상을 떠나지 않고 계속 그 자리를 지켰다. 처음에는 그런 사데가 이해가 되지 않았다. 하루 종일 노점상을 해봤자 돈도 얼마 벌지 못할 텐데, 왜 일은 찾지 않고 온종일 수다만 떨며 앉아 있는 건지, 왜 팔려고 내놓은 비틀넛과 담배는 열심히 팔지도 않고 자기가 피워대는 건지, 도대체 무슨 생각을 하고 있는 것인지 알 수가 없었다.

그런데 사데처럼 그 자리에 앉아 다른 노점상과 이야기를 나누고, 지나가는 사람들을 넋 놓고 쳐다보기도 하고, 해먹에 누워 잠도 자 보니 조금 다른 생각이 들었다. 빠르게 변하는 세상 속에서 하루하루 치열하게 사는 나에게, 그들의 삶의 방식은 절대 이해할 수 없는 영역일지도 몰랐다. 나무 아래 그늘에서 신문이나 책을 읽으며 시간을 보내고, 비가 오면 코빼기도 보이지 않으며, 그저 하루하루 여유롭게 일상을 즐기는 사람. 시대는 그야말로 '사유로운 영혼'이었던 것이다.

소위 '선진국'이라는 곳에서도 살아보고 '개발도상국'이라는 곳에서도 살아본 이후, 나는 더 이상 좋은 삶이 무엇인지 정의 내릴 수 없게 됐다. 개발도상국의 사람들은 가난해서 힘든 삶을 살 것이라 생각했지만, 내 눈으로 직접 본 솔로몬제도 사람들은 나와 다른 기준을 가지고 살고 있었다. 오히려 나보다 자신의 삶에 만족하며 행복해하는 모습을 볼 때도 있었다. 어느 누가 솔로몬제도 사람들을 '가난으로 인해 불행하게 살아가는 사람들'이라고 말할 수 있을까?

사데의 일상을 경험해 보면서, 어쩌면 이들이 '선진국' 사람들보다 더 행복하게 살고 있을지 모른다는 생각이 들었다.

누가 그랬나. '비교하는 순간 비극은 시작된다'고.

만약 현지 사람들이 선진국이라 일컬어지는 나라에서 현재와 전혀 다른 삶을 경험하게 된다면 생각이 달라질 수도 있겠지만, 최소한 여기서 내가 목격한 이들의 모습은 세상에서 가장 행복한 사람들이었다.

가끔 이런 생각을 한다. '남들에게 더 잘난 모습만 보여주고픈 욕심에 그동안 겉과 속이 다른 껍데기 삶을 살아온 것 아닐까' 하는…. 껍데기는 강하고 멋질지 몰라도 내면의 모습은 가난하고 연약했을지도 모른다. 사데와 보낸 시간은 그동안 미처 인지하지 못했던 마음속 깊은 고민을 깨닫게 해줬다.

예전에 국내 교육을 받을 때 스리랑카로 2년간 봉사활동을 다녀온 분이 이런 말을 했었다. "개발도상국에서 어떤 것을 배워 오지는 않는다. 다만 많은 것을 느끼고 온다"라고…. 정말 공감되는 말이다. 이곳 사람들에게 태권도를 가르쳐 주기 위해 왔지만, 나 역시 이곳 사람들을 통해 많은 것을 느끼고 깨달을 수 있었다.

이 모든 기억들은 앞으로 내 삶을 더 풍요롭게 가꾸는 자산이 될 것이다. 세상을 어떻게 살아야 한다는 명확한 정답은 없지만 내가 앞으로 어떻게 살아갈 것인지에 대한 해답을 찾은 것 같다.

나의 전속
헤어디자이너 노아

현지에서 활동하며 많은 친구를 만났는데 그중에서도 노아라는 아이는 내가 가르치는 학생이자 가장 친한 친구였다. 노아는 가끔 아무 말도 없이 우리 집에 찾아오곤 했다. 그러면 우리는 같이 밥도 먹고 바다에서 수영도 하며 재미있는 시간을 보냈다.

노아는 태권도를 처음 배우는 학생이었다. 도복도 없고 띠도 없지만 누구보다 열정이 넘쳤다. 처음 노아를 보고 깜짝 놀랐다. 태권도를 배운 적이 없는데 발차기도 잘하고 태권도에 대한 이해도 굉장히 높았기 때문이다. 알고 보니 예전에 쿵후와 복싱을 한 적이 있었다. 그래서 그런지 몸도 좋고 태권도도 곧잘 했다. 하지만 돈을 버느라 바쁘고 피곤해서 태권도 수업을 결석할 때가 많았다.

노아는 나보다 어리지만 얼굴은 나보다 형 같았다. 수업이 끝나면 노아를 포함해 항상 집까지 같이 걸어가는 친구들이 있었는데, 그 친구들도 노아의 노안은 이미 인정하는 부분이었다. 우리가 자주 놀리곤 했는데, 노아는 반박도 하지 않고 머리를 긁적이며 배시시 웃기만 했다. 정말 착하고 성격이 좋은 아이였다.

노아는 외모 가꾸는 것을 참 좋아했다. 머리카락에 연필을 꽂아도 떨어지지 않을 만큼 심한 곱슬머리에, 턱수염을 길게 기르고 더운 날에도 목도리를 하고 다녔다. 그리고 마지막으로 커다란 선글라스까지 착용하면 노아만의 스타일링이 마무리됐다. 나는 가끔 노아의 머리카락을 잘라 주곤 했다. 그럴 때마다 노아는 손거울을 들고 자신의 뒷머리를 지켜보면서 나보고 집중하라며 훈계를 했다. 곱슬머리 때문에 가위로 머리 자르기가 힘들었지만, 잘라도 곱슬곱슬 말리는 것을 보면 귀여워서 자꾸 웃음이 났다.

솔로몬제도에 처음 왔을 때 나는 1년 동안 머리카락을 자르지 말고 기를까 하고 생각해 보았다. 하지만 날씨가 더운 데다 운동까지 하다 보니 머리 기르기가 쉽지 않을 것 같았다. 결국 솔로몬제도에 간 지 두 달쯤 지났을 때 머리를 자르기로 결심했다. 그런데 현지 미용실은 가격이 꽤 비싸서 고민이었다. 가끔 동네 사람들이 머리카락을 스스로 자르는 모습을 볼 수 있었는데, 이를 보고 나도 노아에게 부탁해야겠다고 생각했다. 이후 노아를 우리 집에 초대했고, 서로의 머리를 잘라줬다. 그때부터 우리는 서로의 수석 미용실 디자이너가 됐다.

현지 사람들의 머리카락을 보면 참 귀여웠다. 대부분 곱슬머리였는데, 예전에 할머니가 동네에서 파마를 한 모습과 닮아 보이기도 했다. 곱슬머리가 심하다 보니, 노아처럼 머리에 연필을 꽂아 놓는 학생들이 많았다. 심지어 두 개, 세 개씩 꽂고 있기도 했다. 연필을 쓰고서 머리카락에 꽂아 놓고는, 다시 쓰려고 할 때는 깜빡하고 다른 연필을 사용하는 것이다. 그런 행동을 반복하다 보면 어느새 머리에 연필이 한가득 모여 있었다. 그 모습이 정말 재미있고 귀여웠다.

1년간의 활동이 끝나고 한국으로 돌아가면 이곳에서 만난 많은 사람이 그리울 것 같았다. 그런데 아쉬운 것은 이곳 사람들 대부분이 인터넷을 잘 사용하지 못하고 휴대전화마저 없다 보니 자주 연락을 주고받기 힘들다는 점이었다. '내가 한국으로 돌아간 후에도 이 사람들과 계속 연락을 이어갈 수 있을까?' 하는 생각이 들었다. 한국으로 돌아가기까지 많은 시간이 남아 있으니 만날 수 있을 때 추억을 많이 만들고 싶었다. 주말에 수영도 같이하고 아침 일찍 일어나 달리기도 하며, 노아와 더 많은 시간을 보내려 했다.

흥 제조기 베글렌

누구나 한 번쯤은 아침에 일어나 창문을 열었을 때 바다가 한눈에 보이는 집에 살고 싶다는 로망을 가져봤을 것이다. 그것도 남태평양 바다를 바라보며 매일 아침 커피 한 잔으로 일과를 시작할 수 있다면 너무나 큰 축복이 아닐까. 이곳에 와서 나는 그 꿈만 같던 마음속 로망을 실현할 수 있었다. 이 집은 창밖 풍경만 근사한 것이 아니라 이웃들도 다들 멋진 사람들이었다.

피지와 뉴질랜드에서 온 옆집 로사와 와킴은 나의 말동무이자 영어 선생님이 돼 줬다. 아랫집에는 베글렌 아주머니네 가족이 살고 있었다. 베글렌은 학교에서 아이들을 가르치는 선생님이고, 남편은 목사였다.

베글렌의 가족은 3명뿐이지만, 1년 사이 10명이 넘는 손님들이 이 집을 거쳐 갔다. 손님들은 모두 마키라섬에서 온 사람들로, 아랫집 가족의 원톡이었다. 마키라 사람들이 호니아라에 오면 아랫집에서 신세를 지다 갔다. 그렇다 보니 아랫집 사람들의 삼촌, 할아버지, 조카, 어머니 등 많은 가족과 친구들을 볼 수 있었다. 베글렌은 가끔 집에서 놀고 있는 조카들이 일할 만한 곳이 있는지 나에게 물을 때도 있었다. 정 때문에 돌봐주긴 하지만, 집에서 아무것도 하지 않고 놀고만 있으니 베글렌은 답답해서 속이 터지는 모양이었다.

베글렌은 혼자 살고 있는 내가 밥은 잘 챙겨 먹는지 신경 써 주고 음식도 자주 갖다주곤 했다. 무슨 음식을 주셨는지 궁금해 뚜껑을 열어보면 신기한 음식들이 가득 차 있었다. 처음에는 입맛에 잘 맞지 않고 독특한 향신료 냄새가 나서 잘 못 먹었지만, 나중에는 베글렌의 음식 맛이 익숙해져서 잘 먹을 수 있게 됐다.

저녁에 수업이 끝나고 집에 돌아오면, 가끔 아래층에서 누군가 기타를 치며 노래 부르는 소리가 들려왔다. 아래층으로 내려가 보면 베글렌이 노래를 흥얼거리고 있었다. 그럴 때마다 베글렌은 나에게 관객이 돼 달라고 했다. 그러면 나는 베글렌의 노래를 들으며 아무 생각 없이 밤하늘의 별을 바라보곤 했다. 하루를 마무리하는 평화롭고 행복한 시간이었다.

베글렌에게 기타를 배우고 싶었지만 베글렌은 무척 바빴다. 학교 선생님이면서 동시에 솔로몬제도 학교의 교사들을 교육하는 일도 한다고 했다. 주기적으로 교육을 위해 다른 섬으로 출장을 가곤 했는데, 그야말로 홍길동처럼 동에 번쩍 서에 번쩍 바쁘게 돌아다녔다.

베글렌은 노래 부르는 모습이 정말 귀여웠다. 흥은 또 얼마나 많은지 댄스 가수처럼 춤도 잘 췄다. 잠자는 시간을 제외하곤 언제나 음악을 들으며 흥을 즐기는 것 같았다. 베글렌뿐만 아니라 솔로몬제도 사람들은 대부분 음악을 좋아하고 흥이 많았다. 하물며 버스를 타도, 여기가 클럽인지 버스인지 헷갈릴 정도로 음악을 크게 틀어 놓곤 했다. 내려야 할 정류장에서 소리를 쳐도 목소리가 음악에 다 묻힐 정도였다. 현지인들은 정류장에 도착하기 전 버스 기사들을 잘만 부르는 것 같던데, 자기들끼리만 통하는 텔레파시가 있는 게 아닐까 싶을 정도였다. 하지만 그곳 사람들 중에서도 음악이 너무 시끄럽고 불러도 대답이 없어 불편하다는 사람들이 있는 것을 보면 음악을 다 좋아하는 건 아닌 듯했다. 그래도 정류장을 지나치지 않고 내려주어야 할 곳에서는 잘 맞춰 내려주니 큰 불만은 없었다.

이곳에는 이어폰이 많이 보급돼 있지 않아 스피커를 들고 다니는 경우가 많은데, 자기 얼굴보다 큰 스피커를 가지고 다니는 사람들도 있다. 손에 쥐거나 어깨에 메고서 리듬을 타며 걸어 다니는데 영화에서나 보던 갱스터나 힙합 전사들 같았다. 하지만 이들의 춤을 내가 따라 하면 왠지 모르게 엉망이 됐다. 역시 소울은 따라 할 수가 없나 보다.

하루는 아예 날을 잡고 춤을 배우기 위해 편한 옷을 입고 아래층으로 놀러 갔다. 아래층에는 베글렌과 조카, 베글렌의 어머니, 베글렌의 삼촌이 의자에 앉아 이야기를 나누고 있었다. 그들은 컴퓨터를 가져와 고향인 마키라의 사진과 동영상을 보여주었다. 그 흔한 맥도날드도 없고 그저 나무만 가득한 곳이지만, 대도시보다는 시골을 선호하는 나로서 꼭 한번 가 보고 싶은 곳이었다. 베글렌은 나를 볼 때마다 고향을 자랑하며 고향에 놀러 오라고 이야기하곤 했다. 그날도 그녀는 침이 마르도록 고향을 자랑했다. 그러다 갑자기 음악을 틀었다. 누구나 한 번쯤은 들어봤을 법한 유명한 음악이었다.

"Who let the dogs out(누가 개를 풀어놓은 거야)"

아이들과 수업을 하거나 교사들 교육이 있을 때 베글렌은 이 음악을 틀고 레크레이션 강사처럼 율동을 가르친다고 했다. 컴퓨터에서 나오는 영상을 보니 어느 외국인 한 명이 음악에 맞춰 율동을 하고 있었다. 베글렌은 컴퓨터를 앞에 두고 의자를 갖고 오면서 거기에 나를 앉혔다. 기다리고 기다리던, 춤을 배울 시간이었다.

'그래 올 것이 왔구나.'

영상 속 율동을 보며 따라 하는데, 영상이 생각보다 길었다. 도대체 몇 번이나 "후 렛 더 독스 아웃"이라고 하는 건지, 끝날 듯 끝나지 않는 무한반복의 율동이었다. 얼마나 힘든지, 운동 효과 하나는 확실한 듯했다. 체육을 전공한 나보다 베글렌의 체력이 더 좋은 것 같았다. 베글렌은 마지막에 내 이름을 넣어 "Chul lee let the dogs out"이라고 가사를 바꿔 부르며 마무리했다. 정말 애교가 많고 귀여운 분이었다. 그렇게 성공적인 댄스 수업이 끝났지만 이대로 집으로 돌아가기에는 좀 아쉬웠다. 그래서 솔로몬제도의 전통춤을 배워 보기로 했다. 좀 전에는 베글렌과 나만 췄지만 이번에는 그곳에 있던 사람들 모두 함께 춤을 추기로 했다.

이윽고 솔로몬제도의 전통 음악이 나오기 시작했다. 춤 대부분은 사람들의 행동이나 사물을 표현하고 묘사하는 것이었다. 별거 아닌데 참 즐거웠다. 현지인들과 자연스럽게 어울리며 시간을 보낼 수 있음에 감사했다.

가끔 해외여행을 하면 현지인들이 살아가는 진짜 모습을 보고 싶다고 생각했었다. 어떻게 하면 그런 모습도 볼 수 있을지 궁금했는데, 솔로몬제도에서는 그야말로 현지인들의 삶 속에 녹아든 생활을 할 수 있었다. 밤하늘에 별이 가득하고, 끝없이 펼쳐진 태평양이 보이는 솔로몬제도. 물론 불편한 것도 많지만 그동안 바쁘게 사느라 잊고 있었던 것들을 하나둘 되찾아 가는 느낌이 들었다. 솔로몬제도의 자동차 번호판에 적혀 있는 'Happy Islands'라는 문구처럼, 그곳은 언제나 풍요로움과 행복함이 넘치는 곳이었다.

자존심을 건 전쟁

호니아라에는 외국인이 많은 편이라 외국인 친구들도 많이 사귈 수 있었다. 쉬는 날이면 외국인 친구들과 함께 운동도 하고 차도 마시곤 했다. 그리고 매주 일요일에는 홍콩 친구인 앤디의 사무실에 각자의 컴퓨터를 가지고 모여 '스타 크래프트'를 했다. 사실 한때 우리나라 국민 게임이었던 스타 크래프트를 솔로몬제도에서 하게 될 줄은 꿈에도 몰랐다.

일요일 오후 2시, 앤디의 개인 사무실에 가면 친구들이 여섯 명에서 여덟 명 정도 모여 있었다. 각자 컴퓨터 앞에 앉아 마우스를 움직이며 몸을 풀었다. 그리고 잠시 후 한국, 홍콩, 대만, 중국, 솔로몬제도 등 각 나라의 자존심을 건 국가 대항전 스타 크래프트가 열렸다. 다섯 살에서 마흔다섯 살까지, 선수들의 연령대도 다양했다.

게임을 같이 한 친구들은 대부분 동양인이었는데, 신기하게 스타 크래프트 실력은 항상 한국인이 제일 월등했다. 그 이유는 알 수 없었다. 중국인 친구들도 한국인 못지않게 잘하는 편이었는데, 중국인과 한국인이 주가 돼 양 팀을 이루면 치열한 접전이 일어났다. 서로 중국어와 한국어로 지원을 요청하고 공격하는 모습이 실제 전쟁을 보는 듯했다.

상대 팀에서 급한 듯 외쳤다.

"6시에 옵저버!"
"Send to me observer!(옵저버 줘!)"

다섯 살 꼬맹이는 무슨 뜻인지 모르고 그저 신나게 저글링만 뽑아댔다. 상대편 친구가 도움을 받지 못하고 얼굴을 잔뜩 찡그릴 때면 웃음이 떠나질 않았다. 그렇게 한 경기가 끝나면 너무 집중한 나머지 머리가 지끈지끈할 때도 있었다. 그럴 때는 미리 준비해 온 음료나 과자, 땅콩 등을 먹으며 다음 있을 경기에 대해 전략을 구상했다. 게임을 하면서 정말 땅콩을 1톤은 먹은 것 같다. 평소에는 잘 먹지도 않던 땅콩을 게임할 때마다 왜 그렇게 많이 먹었는지, 집으로 돌아갈 때 보면 책상 위에 땅콩 껍질이 한 바가지 쌓여 있었다.

오후 2시에 시작된 게임은 4시간 동안 이어진 적도 있었다. 이게 뭐라고 그렇게 집중을 했는지, 생각해 보면 웃음만 나온다. 사소하지만 정말 즐거웠던 기억이다.

제 3 장

흰 도복만 있으면 어디든 갈 수 있지

이 좁은 땅에
5개의 태권도 도장이?

가라테 훈련을 하는 뒤쪽 주차장에 갔다가 한 청소부를 만났다. 이름은 폴리로, 예전에 FOCUS라는 태권도 도장에서 태권도를 배운 적이 있는 학생이었다. 아쉽게도 지금은 그 태권도 수업이 없어졌지만 예전에는 일주일에 두 번씩 이곳에서 수업을 했다고 했다. 폴리는 FOCUS 태권도 클럽을 소개하며, 사범인 주니어의 연락처를 나에게 알려줬다. 바로 전화를 걸었지만 전원이 꺼져 있어 메시지를 남겼다.

'안녕, 주니어. 나는 이번에 KOICA에서 태권도 단원으로 온 사범이야. 꼭 만나고 싶어. 전화 기다릴게.'

이참에 다른 태권도 사범이나 학생들을 볼 수 있으리라 생각하니 기대가 되기 시작했다. 메시지를 보낸 후 폴리와 좀 더 이야기를 나누었다. 이곳에서는 내가 예상한 것보다 더 많은 사람이 태권도를 하고 있었다. 하지만 예전 태권도 사범들 간의 갈등으로 태권도 도장이 여러 개로 나누어져 있었다.

집으로 가는 길에 전화벨이 울렸다. 주니어였다. 예전에 현대 몰 뒤편에서 태권도 수업을 했던 주니어는 현재 콜랄레라는 학교에서 월·수·금요일에 태권도 수업을 하고 있다고 했다. 주니어와 잠깐 대화를 나누었을 뿐인데 궁금한 점이 많이 생겼다. 그래서 당장 다음날 만나기로 약속을 잡았다. 오후 수업에 가서 데릭과 알릭에게 주니어와 만나기로 했다고 말했다. 그러자 둘의 표정이 좋지 않았다.

'내가 이곳 사정을 잘 알지도 못하면서 괜히 유난을 떨었나?'

두 사람은 주니어가 이끄는 FOCUS 태권도 클럽은 세계태권도연맹 소속이 아니라 국제태권도연맹 소속이라며, 정식적인 대한민국의 국기 태권도 방식을 따르지 않고 있으니 딱히 만날 필요가 없다고 말했다. 지나칠 정도로 부정적인 모습을 보고, 나는 이들 사이에 문제가 있다는 사실을 눈치챘다. 사범들 간의 갈등으로 태권도 도장이 나뉘었다고 한 폴리의 이야기도 생각났다. 데릭과 알릭은 그쪽 사범들이 나에게 이상한 이야기를 할 수도 있다며, 만나러 가더라도 절대 혼자 가지 말고 태권도협회 사범들과 함께 가라고 했다.

다음날 낮 12시, 약속시간에 맞춰 현대 몰을 다시 찾았다. 전날 통화했던 주니어도 이날 처음으로 만나게 됐다. 그리고 Yun's 태권도 도장을 운영하는 사범 조셉도 함께 만날 수 있었다. 태권도협회 사범들이 아직 도착하지 않아 나는 이 둘과 먼저 이야기를 나누기 시작했다. 이 두 사람은 각자 뉴질랜드와 바누아투에서 태권도를 배웠다고 했다. 알릭이 전날 얘기한 것과 달리 이들은 대한민국의 태권도 방식을 따르고 있었고, 특히 조셉은 국기원에서 발급한 태권도 공인 단증도 소지하고 있었다. 이윽고 두 사람은 태권도 협회에 대해 좋지 않은 이야기를 꺼내놓기 시작했다.

2013년까지만 해도 태권도협회를 중심으로 함께 태권도 훈련을 했는데 2016년 주니어가 도장을 새로 개관하고 이후에 조셉도 새로운 도장을 개관했다고 한다. 그러면서 자연스럽게 이들의 사이가 멀어진 것 같았다. 조셉과 주니어가 한 편을 이루고, 알릭과 데릭이 한 편을 이룬 잠시 후, 태권도협회 소속인 AISO 태권도 사범 클라이드와 H.U TIGER 태권도 사범 에릭이 도착했다. 서로 웃으며 어찌나 반갑게 인사를 하는지, 조금 전까지 비방을 하던 모습은 찾아볼 수가 없었다. 같이 있을 때는 웃으며 좋은 이야기만 하지만 속으로는 서로 못마땅해한다는 것을 알 수 있었다.

'어디서부터 잘못된 걸까? 왜 이 좁은 땅덩어리에서, 여기저기 도장을 만들어 서로 힘 싸움을 하는 것일까?'

이 만남을 통해 나는 새로운 목표를 세웠다. 지금까지는 각 태권도 도장끼리 서로 잘 교류하지 않았지만, 앞으로는 함께 식사도 하고 회의도 하며 불편했던 관계를 개선해 보고 싶었다. 물론 쉽지 않겠지만, 내가 이들 사이에서 중재자 역할을 한다면 충분히 좋은 결과를 기대할 수 있을 것 같았다. 그러면 개인적으로도 정말 뿌듯한 경험이 될 것 같았다. 다만 조금 조심해야겠다는 생각을 했다. 괜히 고래 싸움에 새우 등 터지는 상황이 될 수도 있기 때문이다. 하지만 그런 위험을 무릅쓰고서라도, 우리에겐 꼭 필요한 만남이었다고 생각하며 앞으로 밝은 날만 있기를 마음속으로 기원했다.

새로운 사범들을 만난 덕분에, 나는 더 많은 태권도 수업을 할 수 있는 기회를 얻었다. 주니어와 조셉의 태권도 도장에서도 많은 사람을 만나 태권도를 할 수 있길 기대하며 집으로 돌아왔다.

우리는 태권도 가족

이곳에 오기 전 국내 교육을 받았을 때 항상 따르던 시니어 선생님이 한 분 계셨다. 그분은 대기업에서 정년퇴임을 하시고 새로운 인생을 계획하고 계셨다. 그분이 내게 해 주셨던 말 중 가장 기억에 남는 것이 있다.

'행동력!'

나에게 행동력이란, 머릿속에 떠오른 생각을 가지고만 있지 않고 바로 실천하는 추진력이다. 가끔 지나치게 즉흥적인 것이 아닐까 싶기도 하지만, 나는 그렇게 살아간다.

4개의 도장 태권도 사범을 만난 후 나는 다음 회의를 구상했다. 이번에는 솔로몬제도의 모든 태권도인들이 참석할 수 있도록 각 도장의 사범과 학생들을 일일이 만나 함께해 주기를 부탁했다. 도장의 사범들과 태권도를 배우는 학생들이 모두 모인 자리에서 풀 것은 풀고, 앞으로 솔로몬제도 태권도의 새로운 미래를 함께 이야기하고 싶었다.

나는 처음에는 도장들 사이에 있었던 일을 잘 알지 못했다. 그저 갈등이 있었다는 것만 알고 있었다. 그러다 뒤늦게 자세한 이야기를 듣게 됐는데, 너무 마음이 아팠다. 주니어와 조셉이 태권도 도장을 개관했을 당시, 알릭은 독단적인 행동이라며 좋지 않게 봤다고 한다. 알릭 입장에서는 제자였던 이들이 외국에서 태권도를 배우고 돌아와서는 자기보다 단수도 더 높아지고 독립까지 한다고 하니 얄밉고 서운했던 것이다.

당시 태권도협회 회장으로 있던 알릭은 직위를 이용해 주니어와 조셉의 도장 수련생들은 매년 솔로몬 대회(전국체전)에 출전할 수 없도록 임의로 자격을 박탈해 버렸다. 이에 조셉과 주니어 그리고 그들이 운영하는 태권도 도장의 학생들이 큰 불만을 품게 되었는데, 그중 윌리라는 학생이 알릭을 찾아가 주먹으로 얼굴을 가격한 일도 있었다. 이후 서로 화해하지 않은 채 시간이 흘러갔다. 이 얘기를 듣고, 나는 솔로몬제도의 모든 태권도인들이 함께 소통할 수 있는 자리를 꼭 만들어야겠다고 마음먹었다.

며칠 뒤 우리는 모두 한자리에 모였다. AISO 태권도의 데릭, H.U

Tiger의 알릭, FOCUS의 주니어, Yun's TKD의 조셉과 J.D TKD의 데이빗 등 모두 5개 태권도 클럽 대표와 학생들이 회의에 참여했다. 서로 아는 사람들과 처음 보는 사람들이 뒤섞여 조금 서먹서먹한 분위기가 흘렀다. 나는 이 자리에서 두 가지 사안을 제안하고 싶었다. 첫 번째는 '태권도 도장 간의 오해 풀기'이고, 두 번째는 '솔로몬제도 태권도 조직 강화'였다.

기독교 국가답게 기도를 하며 행사의 문을 열었다. 그리고 첫 태권도 회의가 시작됐다. 알릭이 가장 먼저 말문을 열었다. 피진어라 제대로 알아듣기 힘들지만 무슨 말을 전달하려고 하는지 눈치껏 알 수 있었다. 알릭은 자리에 참석해 준 태권도 가족들에게 감사의 말을 시작으로 말문을 열었다. 그리고 솔로몬제도 태권도인들이 한자리에 모일 수 있도록 도움을 준, 대한민국에서 온 태권도 사범에 대한 감사의 말도 잊지 않았다. 이어 앞으로는 서로 오해를 풀고 솔로몬제도 태권도가 계속 정진할 수 있도록 노력하자고 말했다.

그러자 윌리가 셸 머니를 가지고 알릭을 향해 걸어왔다. 사과의 의미를 담은 선물인 것 같았다. 셸 머니의 크기에 따라 그 의미가 다르게 해석된다고 하는데, 얼마나 큰 죄를 지었기에 저러나 싶을 정도로 큰 셸 머니였다. 윌리는 알릭에게 셸 머니를 건네며 펑펑 울었다. 그 모습을 보니 마음이 짠했다. 울고 있는 윌리를 알릭이 따뜻하게 안아주었다. 자신의 잘못을 진심으로 사과하는 윌리와 그를 용서하는 알릭의 모습은 그곳에 있던 많은 사람에게 귀감이 됐을 것이다.

그동안 사범들이 다 같이 만나기 힘들었던 것은 사범들을 서로 연결해 줄 수 있는 고리가 없었기 때문이었다. 이미 세계태권도 평화봉사재단에서 두 차례 사범들이 파견됐지만 그때 당시에는 태권도 클럽이 여러 개로 나뉘지 않았다고 한다. 게다가 파견 기간이 짧아 이런 자리를 따로 마련하기도 쉽지 않았을 것이다.

예전에 한 사범이 태권도협회로 파견 왔을 때는 알릭과 필립이 나서서 다른 태권도 도장에서는 태권도를 가르치지 못하게 막았다고 한다. 나 또한 이곳에 처음 왔을 때는 아무것도 모른 채 기관 동료들이 알려준 곳에서만 태권도를 가르쳤다. 내가 협회 동료들에게 다른 도장과 사범에 대해 처음 이야기를 꺼냈을 때도 그들은 좋지 않은 말만 늘어놓을 뿐이었다. 그런 상황에서 내가 사이를 이어주는 역할을 할 수 있어 기뻤다.

그리고 두 번째 사안으로 넘어갔다. 나의 파견 임기가 끝나기 한 달 전인 11월에 Solomon Game(전국체전)이 있고 2019년에는 사모아 남태평양 게임이, 2023년에는 남태평양 게임이 솔로몬제도에서 개최될 예정이었다. 남태평양 대회는 오세아니아 소속 국가가 모두 참여하는 대회로, 최고의 실력을 갖춘 선수들이 참여하기 때문에 솔로몬제도도 실력을 키우기 위한 노력이 필요했다. 무엇보다 우선인 과제는 가능성 있는 선수들을 선발해 대표팀을 구성하는 것이었다.

윌리와 알릭 사이에 다툼이 있었던 이유도, 알릭이 다른 태권도 클럽들을 솔로몬 태권도협회 소속으로 인정하지 않고 경기에 참여하지 못하게 해서 생긴 문제였다. 5개 태권도 도장의 사범과 학생이 모인 자리에서 우리는 앞으로 공정한 선발 과정을 통해 대표팀을 뽑기로 약속했다. 그리고 그해 말에 태권도 대회를 개최해 1위를 한 선수를 대표팀으로 선발하여 2019년에 있을 남태평양 대회에 참가시키기로 했다.

이 자리를 통해 나는 이들이 다시 하나가 돼 솔로몬제도의 태권도 발전을 이뤄나갈 수 있으리라는 가능성을 확인할 수 있었다. 그러니 더욱 욕심이 났다. 남태평양 대회의 태권도 종목은 다른 국제대회와 비교했을 때 그렇게 수준이 높은 대회는 아니기 때문이다. 게다가 솔로몬제도는 이미 지난 남태평양 대회에서 몇 차례 메달을 획득한 경험이 있었다. 태권도는 참여 인원이 많지 않아 운이 좋으면 두 판에서 세 판 정도만 승리해도 메달을 획득할 수 있다. 그러니 솔로몬제도 입장에서 태권도는 유일하게 메달을 획득할 수 있는 전략 종목이기도 한 것이다.

가끔 솔로몬제도의 올림픽 위원회 회장을 만나면 이런 이야기를 하곤 했다. “솔로몬제도 사람들은 축구를 정말 좋아하지만, 국제대회에 참여할 때마다 호주와 뉴질랜드의 벽을 넘지 못한다”고. 물론 포기하지 않고 끝까지 노력하면 좋은 결과를 기대할 수 있겠지만….

올림픽 위원회 회장은 “과정도 중요하지만 그 결과도 결코 무시할 수 없다”고 했다. 그런 점에서 태권도는 기대를 걸어볼 수 있는 종목이라는 것이다. 생각보다 많은 사람이 태권도를 배우고 있고, 태권도는 메달 획득이 다른 종목보다 비교적 쉬운 편이다. 게다가 이곳 사람들의 신체 조건과 정신력이 좋은 편이기 때문에 잠재력이 높다고 할 수 있다. 그러니 공정한 선발 과정을 통해 대표팀을 꾸리고 체계적으로 훈련만 한다면 충분히 좋은 결과를 기대해 볼 수 있을 듯했다.

사실 이 회의에 참석하면서 내가 현지인들 사이에서 괜한 오지랖을 부리는 것이 아닐까 하는 생각이 들기도 하고, 이들의 문화와 정서를 잘 알지도 못하면서 나섰다가 1년간의 활동을 망쳐 버리면 어쩌나 걱정이 되기도 했다. 하지만 개인적인 방문이 아니라 KOICA 소속 태권도 단원의 신분으로 왔기에 태권도 도장들 간의 숨겨진 문제에 처음으로 부닥뜨려 볼 수 있었다고 생각한다.

항상 말만 하기보다는 행동으로 보여주자는 생각을 하며 살아가는 나에게 뿌듯함이 가득한 날이었다. 우리가 함께 나눈 대화들이 솔로몬제도 태권도에 큰 전환점이 될 수 있기를, 이번 일을 계기로 솔로몬제도 태권도가 끈끈하게 하나로 뭉친 태권도 ‘원톡’이 되길 진심으로 바랐다.

호니아라를 지키는 폴리스 맨

호니아라 로베(Rove) 지역에는 솔로몬제도 전 지역의 치안과 경찰행정 업무를 관리하고, 신입 경찰들을 교육하는 경찰본부가 있다. 이곳에서 매주 목요일 오후 2시간씩 태권도 수업을 진행하게 됐다.

예전에 칠레에서는 군인들을 대상으로 태권도 교육을 한 적이 있었는데 군인들을 대상으로 한 첫 태권도 수업이었기 때문에 부족한 부분이 많았다. 그래도 모두들 잘 따라줬기 때문에 즐겁게 활동을 마무리 지을 수 있었다. 그때의 경험이 있기에, 경찰을 대상으로 하는 이번 수업은 더 잘할 수 있을 것 같았다.

태권도 수업을 좀 더 하고 싶어 알아보던 중 경찰본부 수업을 추가할 수 있을 것이란 소식을 듣게 됐을 때는 너무 기뻐서 협회장님 볼에 뽀뽀라도 해주고 싶었다. 그전까지는 넬슨이라는 경찰관이 경찰본부 내 대응팀을 맡아 훈련을 시켰다고 했다. 넬슨은 예전부터 태권도를 수련해 왔는데, 가끔 도장에서도 학생들을 가르친다고 했다. 검은 띠를 맨 넬슨은 스스로 태권도 공인 2단이라고 소개했다.

앞으로 경찰본부 업무가 끝나는 시간에 찾아가 넬슨과 함께 태권도를 가르치기로 했다. 넬슨은 1월에 내가 태권도협회 사람들과 처음 만나던 날 그 자리에 있던 사람 가운데 한 명이었다. 경찰본부 수업이 결정되자 새로운 사람들과 태권도를 할 수 있다는 생각에 마음이 들떴다. 일주일 중 가장 좋아하는 요일도 목요일이 됐다. 목요일은 오후 2시부터 3시까지 세인트 존 학교에서 수업을 하고, 5시부터 7시까지 경찰본부 수업을 하느라 바쁜 날이었기 때문이다. 경찰본부는 걸어서 40분 정도의 거리라서, 차 없이 혼자서도 다녀올 수 있었다. 게다가 수업이 끝나면 넬슨을 비롯한 경찰관들이 집 앞까지 나를 데려다주었다. 든든한 경찰관들이 양옆에서 경호해 주니 무서울 것이 없었다. 경찰본부에 관한 다양한 경험도 할 수 있었다.

내부 사무실이나 경찰차도 인상적이었지만, 나를 가장 설레게 한 것은 따로 있었다. 야외 운동장과 운동기구들이 갖춰진 체육관이었다. 특히 체육관 바닥에 깔려 있는 매트들이 가장 마음에 들었다. 솔로몬제도에서는 항상 시멘트 바닥에서 운동 했다. 학생들의 부상도 걱정이었고, 예전에 다친 발목에 무리가 갈까 봐 시범을 보일 때마다 부담스러웠다. 그런데 푹신푹신한 매트를 보니 너무나 반가웠다.

경찰본부 태권도 수업의 대상은 대부분 간부들과 대응팀이었다. 이전부터 여러 운동을 해 와서인지 이곳 수련생들은 쉽게 따라 하고 진도도 굉장히 빨랐다. 대부분 태권도를 처음 배우기 때문에 흰 띠를 두르고 있었지만 실력은 이미 그 이상이었다. 어느 정도 수업이 진행되고부터는 나도 함께 운동했다. 경찰본부 수업을 제외한 다른 수업에서는 학생들에게 보여주기 위해 발차기만 몇 번 하고 소리만 지를 뿐 운동을 거의 할 수가 없었다.

하지만 경찰본부 수업은 운동을 하지 못하는 나의 아쉬움을 날릴 수 있는 유일한 시간이었다. 다들 호신술이나 겨루기 위주의 훈련을 선호할 줄 알았는데 품새나 태권 체조 등 다양한 태권도 훈련에 관심을 두고 있어서 언제나 즐겁게 운동을 할 수 있었다.

수업에 참여하는 학생들 중 넬슨을 제외한 대부분의 경찰관은 태권도를 처음 접하는 사람들이었다. 그중 초록 띠를 매고 있는 존 피라는 학생이 있었다. 그 학생은 예전에 태권도를 배운 적이 있었는데 그때 초록 띠를 땄다고 했다. 그래서인지 발차기도 잘하고 예전에 배운 동작들을 기억하고 있어 다른 동료들보다 학습 속도도 더 빨랐다. 나는 존과 처음 만난 자리에서 굉장히 예의 바른 모습에 놀랐고, 실력을 보고 또 한 번 놀랐다. 가끔 실수로 발차기 미트를 잡고 있는 내 손을 발로 찰 때가 있었는데, 농담으로 저쪽에 가서 겨루기 준비를 하라고 말하면 90도로 인사하며 깍듯하게 사과를 했다. 진정한 태권도인이다.

언제나 자유분방한 현지인들을 보다 이렇게 예의 바른 학생을 보면, 사람의 인격까지 변하게 만드는 태권도 교육이 대단하게 느껴지곤 했다. 배울 점 많은 존은 언제나 나를 태권도 사범이자 친구로서 존중해 줬고 넬슨과 더불어 나를 가족처럼 대해 줬다.

해외에서 태권도 하는 사람들을 만나면 한국식 인사를 한다. 고개를 숙이고 두 손으로 악수하며 상대방에 대한 존중을 표현한다. 태권도는 예의가 기본이 되는 무예다. 이 점이 정말 중요하다. 태권도는 대한민국의 국기이지만 국내와 해외의 태권도는 다른 점이 많다. 오히려 해외에서 배우는 태권도가 더욱 전통과 예의를 중요시하는 경향을 보이기 때문에 어쩌면 우리 고유의 정서에 더 적합해 보이기도 한다.

처음 존을 만나고 정말 많이 놀랐다. 그동안 만났던 현지 태권도 사범들과 학생들과는 많이 달랐다. 언제나 수업 전후로 나에게 인사를 하며 존경을 표했고, 마실 물을 챙겨주기도 했다. 아마도 그를 가르친 사범

호니아라를 지키는 폴리스 맨

님은 타의 모범이 되는 훌륭한 사람이었을 것이다.

존을 보며 다시 한번 느낀 것은 학생들을 가르칠 때 자만하지 말고 겸손하게 행동해야겠다는 점이다. 태권도를 가르칠 때는 건강한 신체를 기르는 훈련도 중요하지만 건강한 정신을 갖기 위한 수업도 중요하기 때문이다.

그래서 어린아이들 수업을 할 때 첫 수업은 항상 줄을 맞추고 질서를 지키는 것부터 가르친다. 별거 아닌 것 같지만 이 일이 가장 힘들다. 자유분방한 아이들과 현지인들은 이런 절제가 더욱 불편하고 어렵게 느껴질 것이다. 그래도 삶을 살다 보면 꼭 참고 견뎌야 할 때가 있기 때문에 이런 교육은 꼭 필요하다.

내가 가르친 아이들이 이런 일들을 꼭 실천할 줄 아는 사람이 됐으면 좋겠다. 그리고 나중에 커서 자녀를 낳거나 또 다른 태권도 사범이 돼 제자들을 가르칠 때 신체와 정신 모두 건강한 태권도 교육을 할 수 있길 바란다.

토요일에 만나요

수업 일정에 변화가 생겼다. 호니아라에 있는 다섯 개의 태권도 도장에서 매주 1회씩 돌아가며 태권도를 지도하기로 했다. 태권도협회로 파견됐으니 협회와 함께 일을 해야 하는 것이 맞지만, 수업이 너무 적다 보니 자유 시간이 지나치게 많이 남았다. 그 시간을 활용해 다른 태권도 도장에서도 일하는 것이 더 좋다고 판단했다. 하지만 목요일을 제외하면 여전히 하루에 수업이 한 번 진행되기 때문에, 다른 학교에서도 수업을 할 수 있는 방법을 알아보기로 했다.

각 태권도 도장에 1주일에 한 번씩만 방문하다 보니 여러 가지 부족한 부분도 있었다. 지속해서 학생들을 지도할 수 없고, 한 번 동작을 알려준 뒤 일주일이 지난 뒤에야 복습이 진행돼 배운 동작을 잊어버리는 학생들도 많았다.

또 하나의 걱정거리도 있었다. 내가 태권도를 가르칠 때 사범들도 함께 배우는데 사범들을 집중적으로 지도할 시간이 부족했다. 그래서 생각해 낸 것이 태권도 사범들만을 위한 태권도 교육이었다. 지난번 도장들의 화해를 위한 자리가 있었지만 각 도장 사범들끼리는 여전히 세력싸움을 하는 눈치였다. 이때 사범들을 위한 태권도 수업을 한다면 자연스럽게 친목 도모를 할 수 있는 기회도 생길 것 같았다.

호니아라에 있는 5개의 태권도 도장을 보면 각자의 태권도 스타일이 있었다. 굉장히 엄격하면서 전통적인 분위기의 도장이 있는가 하면, 편하고 즐거운 분위기에서 놀이하듯 훈련하는 곳도 있었다. 이런 각자의 개성을 공유하면 서로 배울 점도 있을 것 같다는 생각이 들었다.

나는 각 태권도 도장 사범들에게 매주 한 번씩 함께 훈련을 하자고 제의를 했다. 하지만 평일에는 모두 일을 하는 데다 도장마다 훈련 장소와 날짜가 모두 다르기 때문에 평일에 모이기 쉽지 않았다. 그리고 일요일은 모두 교회에 가거나 가족과 함께 시간을 보내야 한다고 했다. 그러면 남은 시간은 토요일뿐이었다.

하지만 몇몇 사범들은 토요일에도 참여가 어렵다고 했다. 이유를 들어보니 대부분은 일요일에 교회에 가지만 제 칠일 안식교를 위해 매주 토요일에 교회에 간다는 것이다.

그러나 다른 해결 방법이 없었다. 아쉽지만 최대한 많은 사범이 참여하게 하려면 토요일로 해야 할 것 같았다. 우리는 토요일 오후 4시부터 6시까지 매주 2시간씩 태권도 수업을 진행하기로 했다. 처음에는 도장 사범들의 기술을 향상시키기 위한 수업을 진행하고, 이후에는 도장의 빨간 띠 또는 검정 띠를 비롯한 유단자들도 참여할 수 있도록 했다. 그리고 현지 수련생들에게 가르칠 내용들을 미리 사범들에게 알려주기도 했다. 그러면 수업 때 사범들이 나의 조력자 역할을 해 주어 진도를 더 빠르게 나갈 수 있었다.

사범들이 도와주니 수업이 정말 수월하게 진행됐다. 그전에는 혼자 수업을 하다 보니 연령이나 띠별로 반을 나누지 못하고 단체로 수업을 진행해야 했다. 각 학생들의 수준에 맞는 수업을 하고 싶었는데 그럴 수가 없었다. 하지만 사범 교육을 하면서부터는 사범과 유단자들에게 각자의 역할을 분담해 좀 더 체계적인 수업을 진행할 수 있었다. 각 학생의 부족한 부분을 채워줄 수 있었고, 쉽게 외우지 못했던 품새도 반복 훈련을 통해 더욱 집중적으로 가르칠 수 있었다.

태권도 체조, 쌍절곤, 품새, 시범, 겨루기, 호신술 등 집중적인 훈련으로 사범들은 빠른 시간 안에 기술을 습득해 나갔다. 나 또한 운동을 함

매주 토요일 오후 사범들과의 훈련

께할 수 있으니 토요일이 기다려졌다. 물론 결석을 밥 먹듯이 하거나 끝나기 30분 전에 도착해 발차기 몇 번만 하고 돌아가는 사범들도 있었다. 가끔은 아무도 체육관에 나오지 않아 나 혼자 운동을 하고 집으로 돌아가는 날도 있었다. 그래도 그 시간만은 사범들끼리 서로 나쁜 소리 하지 않고 친한 친구처럼 지냈다. 이 시간을 계기로 도장들 간의 교류도 더 많아지기 시작했다.

밖에서 함께 식사를 하거나 맥주를 마시기도 했다. 그럴 때마다 태권도 얘기는 결코 빠지지 않았다. 우리는 앞으로 있을 대회와 호주 태권도 협회에서 주관하는 겨루기 코치 및 심판 자격증, 심사 등 여러 가지 사안에 대해 함께 이야기했다. 서로를 진심으로 대하는 모습을 볼 때마다 마음이 흐뭇했다.

Yun's 태권도 승급심사

Yun's 태권도 승급심사를 했다. 태권도협회 소속 도장은 승급심사 날짜를 두고 사범들과 오래 실랑이를 벌였는데, Yun's 태권도 사범 조셉은 추진력이 좋은 사람이었다. 솔로몬제도에 와서 처음으로 하는 승급심사이다 보니 더 기대됐다. 어떤 식으로 심사가 이루어지는지, 현지인들의 실력은 어떤지 알 수 있는 좋은 기회라는 생각이 들었다.

Yun's 태권도는 이름에서 알 수 있듯, '윤'씨 성을 가진 한국인 관장이 처음 문을 연 곳이다. 그분이 처음으로 조셉에게 태권도를 가르쳤고 이후 조셉이 학생들을 가르쳐 온 것이다. 그리고 이날 심사를 위해, 호주에 있던 윤 관장님이 이곳에 방문할 예정이라고 했다. 윤 관장님을 만나면 물어보고 싶은 게 참 많았는데, 드디어 뵙게 된다니 너무나 설레고 기대가 됐다.

심사를 앞두고 학생들의 품새와 발차기의 자세를 봐주고 있을 때였다. 어느 한 동양인 노신사가 체육관 안으로 들어왔다. 그가 바로 윤 관장님이었다. 키는 작지만 다부진 체격에 매서운 눈빛을 가진 사람이었다. 얼핏 봐도 소싯적에 힘 꽤나 썼겠다는 생각이 들 정도로 풍채가 예사롭지 않았다.

윤 관장님 뒤로 두 분의 한국인이 따라 들어왔다. 어린 시절 윤 관장님과 함께 서울에서 태권도를 수련했던 후배들이라고 했다. 호주에 일이 있어 왔다가 솔로몬제도 태권도 심사를 보기 위해 들르셨단다. 관장님께 인사를 드리니, 솔로몬제도로 태권도 사범이 파견됐다는 게 믿기 힘드신 듯했다. 어려운 곳에서 고생이 많다며 많은 격려를 해주셨다. 그리고 곧 시작될 심사를 위해 많은 이야기는 나중에 나누기로 했다.

심사가 시작되자 학생들이 줄을 맞춰 섰다. 얼핏 봐도 꽤 많은 인원이었다. 노란 띠부터 빨간 띠까지, 다양한 띠를 허리에 두른 학생들이 긴장한 얼굴로 서 있으니 덩달아 나도 긴장이 됐다. 내가 태권도를 지도할 때 가장 중요하게 생각하는 줄 맞춰 서기가 Yun's 태권도에서는 잘 지켜지고 있었다. 그 모습을 보니 '역시 모든 게 다 편견이었구나'라는 생각이 들었다. 이곳 사람들은 전통적인 방식으로 태권도를 가르치기 힘들 것이

승급 심사를 앞두고 있는 솔로몬제도 어린이들

라는 이야기를 처음 들었을 때, 나는 동의하지 않았다. 대학 시절 태권도 파견을 갔다 온 경험도 있었기 때문에, 솔로몬제도에서도 충분히 전통 방식의 수업을 할 수 있으리란 믿음과 자신이 있었다.

하지만 파견 후 몇 개월이 지나도록 내가 바라는 대로 수업이 잘 진행되지 않자 나도 모르게 현지 사람들에 대해 부정적인 편견을 가지게 된 것이다. 그러던 와중에 Yun's 태권도 심사를 보니, 그 모든 것은 나의 역량 부족 때문이었다는 생각이 들었다. 역시 학생들은 잘못이 없었다. 잘 가르치지 못하는 스승의 불찰일 뿐.

오전 9시에 시작된 심사는 점심시간도 없이 오후 2시가 넘도록 계속 진행됐다. 솔로몬제도에서 본 첫 번째 Yun's 태권도 승급심사는 만족스러웠다. 이렇게 먼 나라의 사람들이 한글로 '태권도'라고 새긴 도복을 입고 한국말로 구령을 넣는 모습을 보니 대한민국의 한 국민으로서, 그리고 태권도 전공자로서 자랑스럽고 흐뭇했다. 역시 외국에 나가서 태권도를 지도하다 보면 평소엔 잊고 있던 애국심이 고개를 들곤 한다.

그리고 Yun's 태권도의 윤 관장님과 사범 조셉이 도장 운영과 지도를 참 잘하고 있다는 생각이 들었다. 학생들과 좋은 유대 관계를 유지하는 것을 보니, 솔로몬제도에서 가장 운영이 잘 되는 도장에는 다 이유가 있다는 것을 알게 됐다.

승급 심사를 받고 있는 솔로몬제도 청년들

예전에 태권도 행사나 회의가 있을 때 조셉이 학생들을 여럿 데리고 오는 것을 보고, 힘을 과시하려는 의도라고 생각한 적이 있었다. 그런데 나중에 물어보니, 태권도 관련 회의에 학생들도 함께 참여할 수 있도록 하기 위함이었다고 했다. 그 말을 듣고 나서 조셉을 다시 보게 됐다. 수업이나 심사에 많은 인원이 참여하는 것을 보면, 조셉의 그런 노력이 헛되지 않았음을 알 수 있었다. 그리고 윤 관장님을 잘 따르고 존경하는 조셉의 모습을 보면서, 학생들도 자연스럽게 보고 배웠으리란 생각이 들었다.

하지만 아쉬운 점도 있었다. 조셉이 계속 변화하는 태권도 규정이나 동작들을 잘 알지 못하고 기술이 부족하다 보니 학생들의 태권도 수준도 그리 높지는 않다는 점이었다. 태권도 사범들이 자주 파견돼 태권도를 지도하면 좋겠지만 그러지 못하는 상황이고, 윤 관장님 역시 솔로몬제도에 자주 방문하지 못했다. 게다가 대부분의 현지인은 인터넷 사용도 힘들기 때문에 태권도에 대한 정보를 찾아보기가 어려웠다. 그래서인지 한국에서 파견된 태권도 사범에게 관심을 많이 두고 있었고, 학생들은 나를 볼 때마다 많은 질문을 쏟아냈다. 그런 모습을 대할 때마다 남다른 책임감을 느꼈다.

심사가 끝나고 윤 관장님과 많은 이야기를 나누었다. 솔로몬제도에는 태권도협회가 1996년에 창설됐다고 했다. 내가 태권도를 시작하기도 전에 이미 태권도협회가 구성됐고 이곳의 많은 사람이 태권도를 배우기 시작한 것이다. 오래전 낯선 나라에 언어도 문화도 모른 채 정착해 태권도를 보급한 사범들이 지금의 세계적 태권도를 만들었다는 생각이 들었다.

'대부분 선진국에서만 태권도를 가르치려고 하는 요즘, 개발도상국에서 태권도를 가르친다는 것은 어떤 의미일까'를 생각할 때가 있었다. 아직 그 해답을 명확히 찾지는 못했지만 한 가지 확실한 것은 내가 많은 보람과 기쁨을 느낀다는 사실이다. 이렇게 하루 한 달이 지나면 학생들의 실력은 어떻게 달라질지, 그리고 그와 함께 나는 어떤 모습으로 변해 갈지 기대가 된다.

제 4 장

정글의 법칙

폭포수로 마음 씻기

내가 파견올 때까지만 해도 KOICA 사무실은 아주 조용하고 휑했다. 비가 오거나 정전이 되는 날에는 기분이 섬뜩하기까지 했다. 그런데 새 단원들이 오면서 사무실이 활기를 띠기 시작했다.

선배 단원과 코디님들은 이런 모습을 누구보다 감개무량해 했다. 그도 그럴 것이 첫 봉사단원 두 분이 파견된 후 내가 파견되기까지 무려 1년이란 세월이 걸렸다. 그런데 이번에는 두 달 만에 네 분이나 새롭게 파견된 것이다. 덩그러니 비어 있던 KOICA 봉사단원 명단이 점차 채워져 가니 다들 흐뭇한 마음인 듯했다.

한 분의 코디님과 일곱 명의 봉사단원 그리고 두 명의 현지 직원들이 모였다. KOICA 사무실에서 이렇게 많은 인원이 함께 이동한 것은 처음이었다. 이렇게 많은 사람이 사무실에 있으니, 예전에는 넓어 보이던 사무실이 새삼 좁아 보였다. 새로운 단원분들이 또 온다면 정말 비좁아질 것 같다는 생각이 들었다.

테나루는 동쪽 방향으로, 공항보다 좀 더 먼 곳에 있었다. 이곳에서는 가끔 내륙 지역을 타고 들어가 산 쪽으로 갈 때도 있지만 대부분은 동쪽 아니면 서쪽으로 가면 됐다. 그래서 어느 정도 다니다 보면 지역에 따라 소요 시간이 대충 계산이 됐다. 우리는 차를 타고 폭포를 향해 출발했다. 평소에는 항상 걸어 다니거나 버스 특유의 쾨쾨한 냄새와 더위를 참으며 이동해야 했지만, 이날은 모처럼 편하게 이동할 수 있었다.

우리는 테나루라는 지역에 도착한 뒤 몇 개의 마을을 좀 더 지나 차에서 내렸다. 그리고 테나루 지역 출신의 현지 가이드를 따라 폭포로 향했다. 폭포까지 가기 위해서는 두 가지의 방법이 있었다. 첫 번째는 차를 타고 이동한 후 산 아래에서 폭포를 향해 산을 걸어 오르는 방법이고, 두 번째는 산 위까지 차를 타고 간 뒤 폭포를 향해 아래로 걸어 내려오는 방법이었다. 우리는 첫 번째 방법을 선택해 아래에서 위로 등산을 하기 시작했다.

폭포로 향하는 첫 발걸음에서부터 큰 난관이 예상됐다. 멀리서 보니 큰 물줄기의 강이 흐르고 있었다. 그런데 이런 강줄기를 몇 차례나 건너야 폭포에 도착할 수 있다는 것이다. 강물로 가까이 다가가 보니 다행히 깊지는 않았다. 하지만 크고 작은 돌이 많고 길도 미끄러워 넘어지는 단원도 있었다. 그래도 강줄기를 빼면, 산길은 험하지도 않고 어려운 것이 별로 없었다. 오르막길도 아니고 대부분 평지로, 1시간 30분 정도만 걸으면 폭포에 도착할 수 있다고 했다.

그런데 이날 아침 집을 나설 때, 신이 나서 뛰어 내려오다가 집 앞 계단에 발뒤꿈치를 부딪쳤다. 걷는 게 불편할 정도로 상처가 깊었다. 그냥 얌전히 내려왔으면 좋았을 것을, 괜히 뛰어 내려오다가 발을 다치는지…. 나 자신이 너무 한심해 자괴감이 들었다. 그래도 무서울 것은 없었다. 언제나 구급상자를 가지고 다니는 2명의 간호 단원과 코디님이 계셨기 때문이다. 나는 발뒤꿈치에 반창고를 붙이고 산을 건너고 강을 건넜다.

산행을 하다 잠시 쉴 때마다 파리들이 나의 뒤꿈치에 모여들었다. 그 모습을 보고 새로 온 단원분이 '파리 부는 사나이'라고 했다. 그 말을 듣고 어찌나 많이 웃었는지…. 새로 온 분이라 아직 친해지지 않은 상태였는데, 그 일로 더 가까워졌다.

한참을 걸어가니, 가이드가 이제 왼쪽으로 방향을 틀면 폭포가 보인다고 말했다. 정말 폭포 소리가 조금씩 들리는 것 같았다. 발걸음을 재촉

해서 가 보니, 드디어 테나루 폭포가 보였다. 세계 3대 폭포만큼 거대하지는 않지만, 테나루 폭포도 제법 크고 물줄기가 거셌다. 우리가 오기 며칠 전 비가 많이 와서 물이 많이 불어난 상태였다. 비가 많이 내리지 않는 건기에 오면 물이 많지 않아 덜 멋지다고 하는데, 우리는 다행히 날짜를 잘 잡았다. 마침 어디선가 새소리도 들려와 내가 마치 정글을 탐험하는 영화 <인디아나 존스>의 주인공이 된 것만 같았다.

위에서 떨어지는 물줄기를 바라보니 아무 생각도 들지 않았다. 그저 시원하고 기분이 좋았다. 사실 폭포에 가기 전 며칠 사이, 집에 일이 생겨 고민이 많았다. 가족들에게 도움도 되지 못하고 혼자 이곳에 있으니 마음이 무거웠다. 이미 지난 일, 되돌릴 수 없는 일이라고 생각해 보아도 마음을 잘 추슬러지지 않았는데, 폭포를 보고 있으니 답답한 마음이 뻥 뚫렸다. 그렇게 한참을 앉아서 떨어지는 물줄기를 바라봤다.

우리는 사무실에서 준비한 간식을 먹고 수영을 시작했다. 물 안쪽으로 들어가니 제법 물이 깊었다. 폭포 아래까지 가면 떨어지는 물줄기가 워낙 강해 밀려오는 물살 때문에 앞으로 이동하기가 힘들었다. 그리고 물이 많이 튀어서 앞이 잘 보이지도 않았다. 평소 운동을 많이 하지 않아서인지 나는 금세 지쳐 버렸다.

테나루 폭포는 아름다운 자연을 자랑하는 곳이지만 알고 보면 역사

테나루 폭포에서부터 흘러내려가는 물줄기

적으로도 의미 있는 곳이었다. 2차 세계대전 당시, 연합군과 과달카날 전투를 벌이던 일본군이 연합군을 피해 이곳으로 숨어들어 왔다고 한다. 그런데 전쟁이 끝나고도 이곳에 살던 사람들은 종전이 된 줄 모른 채 계속 이곳에 머물렀다고 한다. 나는 이토록 아름답고 평화로운 곳이라면 그럴 수도 있으리란 생각이 들었다.

우리는 복귀하기 전 다 같이 모여 기념사진을 찍었다. 테나루 폭포에서 보낸 이 시간은 솔로몬제도에 와서 내가 가장 재미있게 보낸 시간이었다. 또 새로운 단원분들과 산행하며 함께 고생하고 이야기도 나누면서 서로 더 가까워지는 계기도 됐다.

테나루 폭포는 사람들에게 아직 많이 알려지지 않은 곳이다. 많은 사람이 와서 볼 수 있으면 좋겠다는 생각도 들었지만 그 반대의 생각도 스쳐 지나갔다. 나만 이곳을 보고 기억하고 싶다는 이기심이 고개를 든 것이다. 그 정도로 아름다운 이곳이 자연의 모습 그대로 오래오래 보존됐으면 좋겠다.

여행엔 실패가 없어

두 번째 새로운 KOICA 단원분들이 솔로몬제도로 파견돼 왔다. 두 달간의 현지 교육 기간 중 사보섬에 방문한다고 해서 다른 KOICA 단원들과 현지 직원들, 코디님들과 함께 사보섬에 다녀왔다.

사보섬은 호니아라에서 35㎞ 거리로, 시내에서 항상 볼 수 있을 정도로 가까운 곳이었다. 사무실에서 버스를 타고 동쪽으로 1시간 이동한 다음 보트를 타고 40분을 더 가면 도착할 수 있었다. 미리 인터넷으로 검색해 보니 사보섬에 대한 정보가 많이 있었다. 사보섬은 2차 세계대전 당시 전쟁의 흔적이 많이 남아 있는데, 특히 Central Province 해협은 침몰한 군함과 전투기들을 많이 볼 수 있어 전 세계 다이버들이 찾아오는 곳이란다.

이곳에 온 지 3개월이 지나도록 여행다운 여행을 한 번도 가지 못해서 조금 지루하고 답답했는데 여행을 간다니 너무 신이 났다. 보트를 타는 40분의 시간이 길게만 느껴졌다. 얼른 도착해서 빨리 사보섬을 구경하고 싶었다. 특히 남태평양 지역에 서식하는 메가포드라는 새와 사보섬에 있다는 화산이 가장 보고 싶었다.

내가 기대를 너무 크게 했던 걸까. 인터넷으로 너무 큰 화산들만 본 걸까? 사보섬에서 본 화산은 화산이라 부르기도 민망할 정도로 작고 볼품이 없었다. 처음에 화산이 있다고 들었을 때, 용암이 하늘 위로 분출돼 흐르고 거대한 연기가 피어오르는 장면을 상상했다. 그런데 이곳의 화산은 그냥 뽕뽕 뚫린 구멍 사이로 모기향 같은 소박한 연기가 피어오를 뿐이었다. 현지 가이드분은 예상치 못한 우리 반응에 민망했던지, 나무 장작에 불을 피워 유황 가스가 나오는 구멍에 갖다 댔다. 그러자 연기가 마구 피어오르기 시작했다. 하지만 그게 다였다. 메가포드는 이번에 볼 수 없다고 해서 화산에 많은 기대를 걸었는데…

아쉬움을 뒤로한 채 우리는 점심을 먹으러 이동했다. 메뉴는 생선구이와 채소 그리고 이곳 식사에서 빠지지 않는 고구마였다. 밥을 먹으면서 우리는 다음 일정으로 스노클링을 하면 좋겠다는 이야기를 나누었다. 그런데 그 순간 밖에서 빗방울이 떨어지는 소리가 들리기 시작했다. 그러더니 잠시 후 소나기가 쏟아졌다. 이곳은 소나기가 내리다가도 금세 다시

기대에 미치지 못했던 사보섬의 화산

화창해지기 때문에 우리는 조금 기다려 보기로 했다. 하지만 비는 그치지 않고 10분, 20분 그리고 30분까지 이어졌다. 창밖을 내다보던 우리는 점점 초조해지기 시작했다. 이러다 수영도 못하고 '꼬마 화산'만 보고 가는 게 아닐까 하는 걱정이 들었다. 솔로몬제도에 와서 처음으로 여행다운 여행을 온 것인데, 이렇게 돌아간다면 너무 실망스러울 것 같았다.

그러자 가이드분이 밖으로 나가서 손을 위로 향하고 이리저리 흔들기 시작했다. 한참을 그렇게 손을 흔들기에 다가가 뭘 하시는 건지 물었다. 그랬더니 "손을 이렇게 흔들면 비가 금방 지나간다"라고 하셨다. 참 재미있었다. 아마도 비가 흠뻑 내리고 그치는 단발성 소나기가 많다 보니 이런 행동이 가능한 것 같았다. 언제 누가 먼저 시작했을지 모를 이 행동은 이후 솔로몬제도 어디에서나 볼 수 있었다.

우리는 모두 밖으로 나가 가이드에게 배운 대로 '비야, 어서 가거라' 하며 손을 흔들었다. 하지만 비는 멈출 줄을 몰랐다. 결국 그렇게 시간이 지나 호니아라로 복귀할 시간이 가까워 져오자 우리는 포기하고 그저 빗소리를 들으며 쉬기로 했다. 처음에는 굉장히 실망스러웠지만 '언제 또 이런 시간을 경험할 수 있을까?' 하고 생각하니 이것 또한 좋았다.

'언제 이렇게 또 아무 생각 없이 자연 그대로의 모습을 볼 수 있을까?'

온전한 자연을 향해 떠나다

내가 솔로몬제도에서 봉사활동을 하고 싶었던 여러 가지 이유 중 하나는 그동안 살아오던 삶에서 벗어나 새로운 환경에서 살아보고 싶은 마음 때문이었다. 매일 기상 후 텔레비전을 틀며 아침을 시작하고, 주말이면 극장에 가서 큼지막한 화면으로 최신 영화들을 보며, 대한민국에서 교회·태권도 도장·치킨집 다음으로 많다는 카페에 앉아 친구들과 수다를 떠는 삶에서 벗어나고 싶었다.

그렇게 솔로몬제도에 오면서 익숙해진, 문명으로부터 잠시 벗어나고자 했던 나의 바람은 어느 정도 충족이 됐다. 하지만 수도에서의 삶은 완벽하게 만족스럽지는 않았다. 호니아라에서 지내는 내내 휴대전화를 쓰고 자동차도 타며, 나무를 이용해 불을 피우는 대신 가스레인지를 사용했다.

나는 텔레비전이나 인터넷에서나 볼 수 있는 원주민들의 삶이 항상 궁금했다. 온종일 걸어 다니거나 카누에 올라타 노를 젓고, 해먹에 누워 낮잠도 자 보고 싶었다. 그러던 중 동료 단원 그리고 현지 친구들과 아나본섬 여행을 계획하게 됐다. 휴가 허락도 받고, 일주일 동안 아나본섬에 갈 모든 준비를 마쳤다. 사실 비행기 표를 사는 순간부터 내 마음은 이미 아나본에 있었다. 우리의 여행 계획은 이랬다.

①호니아라에서 이사벨섬까지 경비행기를 타고 1시간 이동한다. ②이사벨섬에서 카가타섬으로 보트를 타고 1시간 이동한다. ③카가타섬에서 다시 보트를 타고 아나본섬으로 이동한다.

비행기를 1시간 타고 내린 곳은 이사벨섬의 수아바나오라는 곳으로, 북쪽에 있는 공항이었다. 비행기가 착륙한 후 짐을 챙겼다. 공항에서 짐이 나올 때까지 기다릴 것 없이, 착륙하자마자 비행기 짐칸에서 짐을 꺼내서 나오면 되었다.

배낭을 메고 올려다보니 머리 위로 새파란 하늘이 펼쳐져 있었다. 그리고 신선한 공기가 코를 통해 몸 안으로 가득 들어왔다. 호니아라에 있으면서 매연과 흙먼지로 인해 숨쉬기가 힘들었는데, 여기 오니 눈과 코가

호강이었다. 이곳에 있는 것만으로도 그동안 고생한 내 몸에 휴식을 선사할 수 있을 것 같았다.

우리는 작은 보트에 올라타 2명의 선원과 함께 다시 항해하기 시작했다. 분명 비가 오지 않는데 옷이 다 젖어 버렸다. 속도가 빠른 보트라, 이동 시간을 줄일 수 있어 좋았지만 여기저기서 물이 튀어 앞이 보이지 않았다. 물을 피하기 위해 고개를 잠깐 옆으로 틀었더니 멀리 보이는 바다는 고요하기만 했다. 그리고 아래를 내려다보니 물이 너무 투명해서 물속이 훤히 보였다.

우리는 모자나 갖가지 물품으로 얼굴로 튀는 바닷물을 막았다. 보트를 운전하는 선장님은 옷이 흠뻑 젖어 태풍을 한번 맞은 모습이었다. 옷이 바닷물에 젖고 롤러코스터를 타는 것처럼 엉덩방아를 찧었지만 빨리 도착해 쉴 수 있을 것이라 생각하니 싫지 않았다. 보트를 타고 1시간 정도 이동하니, 그동안 보이지 않던 마을이 하나둘 보이기 시작했다.

아직 도착한 것은 아니었다. 이곳은 카가타섬으로, 선장님이 사는 마을이었다. 새로운 곳을 가 보고 싶다는 꿈을 실현하기가 참 쉽지 않았다. 솔로몬제도를 처음 발견한 '멘다나'라는 사람도 새로운 땅을 밟을 수 있을 것이란 기대와 설렘 때문에 멀고 험한 길을 항해하지 않았을까.

배 위에서 1시간 동안 몽둥이질을 당한 내 엉덩이는 카가타섬에 도착해서야 잠시 쉴 수 있었다. 이곳에서 우리는 준비해 온 식량과 보트의 기름을 다음 보트로 옮겼다. 섬과 섬 사이에 있는 바다를 건너기 위해서는 항상 보트를 타고 이동해야 하는데 기름을 공수하는 것이 이곳 사람들에게는 어려운 문제라고 한다. 다른 곳에 비해 기름을 구하기가 어렵고 가격도 비싸기 때문이다.

잠시 혼자 마을을 돌아봤다. 마을이라고 하기에는 몇 채 지어진 집이 전부지만 아담한 동네가 마음에 들었다. 찢어진 바지를 입고 엉덩이를 씰룩이며 뛰어다니는 꼬마 아이도 있었고, 새까만 눈동자로 우리를 신기한 듯 쳐다보는 아이들도 있었다. 이곳 사람들은 가족이나 친척들과 모여 살다 보니 외부에서 오는 외국인 관광객들이 반갑고 신기한 모양이었다. 어린아이들과 달리 어른들은 외국 관광객들에게 익숙한지 우리를 친구처럼 잘 대해 줬다.

우리를 바라보는 사람들 사이로 강아지와 돼지들이 뛰어다녔다. 간혹 마을에 가면 현지인들이 강아지와 함께 지내는 것을 자주 볼 수 있었다. 이곳 사람들도 반려견에 대한 애착이 강한 것 같았다. 그다음으로 가장 쉽게 볼 수 있는 동물이 돼지였는데, 언제나 자급자족하고 과일이나 채소를 주로 섭취하는 이들에게 돼지는 단백질을 섭취할 수 있는 유일한 식량으로 통했다. 어느 정도 커진 돼지들은 우리에 가두어 키우기도 했다.

새끼 돼지가 너무 귀여워서 계속 사진을 찍었다. 나는 돼지가 정말 귀여운 동물이라는 사실을 솔로몬제도에 와서 처음 알았다. 새끼 돼지는 코코넛 나무에 몸을 비비기 시작했다. 몸을 깨끗이 하기 위해 지저분한 털을 정리하는 행위라고 했다. 우리는 흔히 돼지가 더러운 동물인 줄 알지만, 사실은 아주 깨끗한 동물이었다.

마을을 둘러보는 중 벽에 걸려 있는 두개골들이 보였다. 주둥이가 길게 나온 것이 악어처럼 보였다. 이 주변에는 지금까지도 악어가 살고 있는데, 가축이나 사람들의 생명을 위협할 수 있어서 눈에 띄면 대부분 죽인다고 했다. 악어로부터 가족과 재산을 지키기 위해 사투를 벌이고 있는 것이다. 그렇게 인간의 손에 죽은 악어들의 두개골이 벽에 전시돼 있었다. 작은 악어의 두개골도 보이고 어미처럼 보이는 큰 두개골도 있었다. "무서운 악어를 어떻게 잡을 수 있는지 그 용기가 대단하다"고 말하니 "쇠창살 하나면 가능하다"고 했다. 그 옆에 서 있던 한 청년은 자기가 큰 어미 악어를 죽였다고 자랑하며 허리를 곧추세웠다. 그리고 지금은 주변에 악어가 살고 있지 않으니 겁내지 말라고 했다.

마을 앞에 있는 바다에 잠시 발을 담가 보았는데, 이 섬에서 휴가를 보내도 좋겠다는 생각이 들었다. 바다 안에 가득한 산호와 그 주위를 맴도는 형형색색 물고기들이 '그냥 여기서 자고 가라'고 말하는 것 같았다. 보트를 1시간 더 타고 가야 한다고 생각하니 막막하기도 했다.

잠시 둘러 본 카가타섬

아나본,
너는 내 운명

우리는 이곳에서 1시간 거리인 아나본섬을 향해 다시 출발했다. 멀미가 심한지 혼자 묵언 수행을 하는 단원도 있었지만, 다행히 나는 멀미는 하지 않고 엉덩이만 살짝 아팠다. 한참을 달리던 선장님이 우리에게 말했다.

"이 바다만 건너면 아나본에 도착한다."

그리고 섬 넘어 바다 건너 드디어 아나본에 도착했다. 보트에서 내리니 초록색 옷을 입은 사람들이 우리를 반겨줬다. 우리 일행인 셀레나와는 이미 안면이 있는지 반갑게 인사를 나누었다. 셀레나는 아나본섬 방문이 처음이 아니었는데, 지난번에 왔을 때 서로 알게 됐다고 했다.

아나본섬은 국가에서 관리하는 자연환경 보호구역으로, 우리를 반겨 준 사람들은 이곳에서 섬을 보호하는 사람들이었다. 혹시나 외부인으로 인해 섬이 오염이 될 수 있기 때문에 관광객들이 가지고 온 물품들을 하나하나 꼼꼼히 살핀다고 했다. 이렇게 철저하게 관리해서 그런지 이곳에서는 쓰레기 하나 없는 천연의 자연을 만날 수 있었다.

우리가 서 있는 곳 반대편에는 푸른 라군(석호)이 펼쳐져 있었다. 나는 짐도 옮기지 않은 채 넋을 놓고 바다를 바라봤다. 호니아라 시내 곳곳에서 들리던 자동차 경적과 시끄러운 음악 소리 대신 나뭇잎 사이로 스쳐 지나가는 바람 소리와 파도 소리만 들려오니, 짐을 풀고 옷을 갈아입으란 친구들의 말도 들리지 않았다. 아무것도 하지 않고 그저 바닥에 누워 있기만 해도 좋을 것 같았다.

'넋 놓고 있을 시간은 많으니 천천히 해야지.'

나는 정신을 차리고 배낭을 숙소로 옮겼다. 숙소 안에는 3개의 방이 있었다. 간단하게 씻을 수 있도록 빗물을 받아 놓는 물탱크도 보였다. 생각보다 숙소가 좋아서 깜짝 놀랐다. 혹시나 <정글의 법칙>에서 봤던 것처럼 직접 나무로 집을 짓고 나뭇잎 사이로 흐르는 비를 맞으며 잠을 자게 되면 어떡하나 걱정했는데 의외로 훌륭한 숙소였다.

관리자들의 말을 빌리자면, 예산이 너무 부족해 섬을 유지하는 비용을 다 충당하기 어려웠다고 한다. 그래서 관광객에게 입장료를 받게 됐는데, 그만큼 관광객들이 더 편히 쉴 수 있도록 여러 준비를 하고 있다는 것이었다. 최근 이 숙소도 새로 지었다고 하니 우리는 운이 참 좋은 편이었다.

예전에 아는 동생과 필리핀으로 1주일간 여행을 다녀온 적이 있었다. 호스텔에서 4일을 보냈는데, 그동안 우리는 밖에 잘나가지 않고 호스텔 테라스에 앉아 수다를 떨거나 여행 온 다른 관광객들과 이야기를 나누며 시간을 보냈다. 가끔 숙소 앞에 있는 카페에서 커피를 마시기도 했다.

나는 그런 시간이 너무 좋았지만, 첫 해외여행을 나온 후배는 답답하지 않을까 싶어 물어보았다.

"여기까지 왔는데 바깥 구경이라도 해야 하는 거 아니니?"

후배는 나에게 말했다.

"여행은 채우러 오는 것이 아니라 비우러 오는 거예요."

분명히 어디서 주워들은 이야기일 텐데, 후배의 그 말은 오래도록 머릿속에서 지워지지 않았다. 그저 후배와 함께 시간을 보내며 그동안 못 다 한 이야기를 나누었을 뿐인데. 가장 기억에 남는 여행이기도 했다.

아무도 자고 있는 나를 깨우지 않았다. 다음 일정을 가기 위해 서두르라는 말도 하지 않았다. 포털사이트 화면을 계속 켜 볼 필요도 없었다. 이곳에 왔다는 사실을 증명하기 위한 기념품을 사러 시내를 다닐 필요도 없었다. 그저 시간을 즐기면 됐다.

나는 <정글의 법칙>을 볼 때마다 한 번쯤 미지의 세계에서 살아보고 싶다고 생각을 했었다. 텔레비전 속 세상은 눈부시게 아름다웠다. 하늘은 더 푸르러 보였고 물은 더 투명해 보였다. 가끔 위험한 동물들이 등장해 긴박한 상황이 펼쳐지기도 했지만, 그만큼 고생할 만한 가치가 있을 것이라 생각하곤 했다. 이렇듯 내 마음속에 탐험에 대한 갈망이 있었기에, 솔로몬제도에도 가고 싶었고 아나본 섬으로 여행도 가게 된 것이 아닐까.

어미 거북이와의 만남

해변을 달려서 그런지 배가 출출했다. 일행들과 선장님, 선원들과 함께 저녁을 먹었다. 이번에도 역시 카사바와 고구마는 빠지지 않았다. 저녁을 먹고 나무 사이에 설치된 해먹에 누웠다. 하늘에 동그란 달이 덩그러니 떠 있었다. 동그란 게 아니라 똥그랬다. 어찌나 크고 밝게 비추는지 그 모습이 평생 머릿속에서 잊히지 않을 것 같았다.

그렇게 혼자 '인생은 무엇일까?' '삶을 사는 이유는 무엇일까?' 등등을 생각하며 낭만에 젖어있는데, 관리인 한 명이 우리를 불렀다. 그러고는 손전등을 챙기고 따라오라고 했다. 아나본섬에 가기 전 셀레나가 손전등을 꼭 챙기라고 말했는데, 저녁에 알을 낳는 어미 거북이를 보기 위해서라고 했다.

아나본섬에 많은 관광객이 오는 여러 가지 이유 중 가장 큰 하나는 이곳이 어미 거북이들이 알을 낳으러 오는 곳이기 때문이다. 이곳의 관리인들은 거북이가 낳은 알의 개수를 확인하고, 알을 낳은 장소와 날짜를 푯말에 적어 기록해 놓는다. 그리고 부화 날짜가 되면 아기 거북이들이 잘 깨어나 바다로 이동하는지도 확인한다. 환경오염과 인간들의 무분별한 포획으로 거북이들의 개체 수가 줄어들자 국가가 나서서 특별 관리를 하는 것이다.

우리는 손전등을 가지고 관리인을 쫓아갔다. 관리인이 가리키는 곳을 보니 어둠 속에서 커다란 물체가 움직이는 것이 보였다. 저녁 순찰을 하던 관리인이 거북이의 산란 장면을 목격하고 우리를 부른 것이었다.

"어미 거북이다."

거북이는 이리저리 움직이며 알을 낳을 장소를 찾고 있었다. 우리는 거북이에게 방해가 될까 봐 손전등을 끄고, 아무런 소리도 내지 않은 채 숨죽이며 지켜봤다. 어둠 속에서 환한 달빛만이 거북이를 비추었다. 어미 거북이는 한참 이곳저곳을 살펴보다가 갑자기 땅을 파기 시작했다. 잠시 후 관리인이 손전등을 켜서 비춰 보니 꽤 깊은 구덩이가 생겨 있었다. 어미 거북이는 자리를 잡고 알을 낳기 시작했다. 어미가 깊게 파놓은 곳으로 알이 하나둘 나오기 시작했다. 알이 나올 때마다 어미 거북이는 큰 소리로 울부짖었다. 거북이가 알을 낳을 때 엄청난 고통이 동반된다고 하는데, 그래서일까 계속 신음을 냈다. 그 소리가 무척이나 슬프고 고통스럽게 느껴졌다.

알이 나올 때마다 기쁘기도 했지만, 고통에 괴로워하는 어미의 모습 때문에 안타까운 마음도 함께 들었다. 하지만 우리는 거북이에게 아무런 도움을 줄 수가 없고 도와줘서도 안 되는 인간이기 때문에 그저 멀리서 지켜볼 뿐이었다.

알을 낳기 위해 준비하는 어미 거북이

아기 거북이의 탄생

숙소에 가니 일행들이 외출할 채비를 하고 있었다. 우리는 이날 거북이알이 부화하는 모습을 보러 가기로 돼 있었다. 알고 보니 초이셀섬 가족도 오늘 거북이 부화 장면을 보려고 예정보다 하루 일찍 도착한 것이라고 했다. 우리는 전날 갔던 거북이 산란지로 갔다. 관리인은 산란 날짜와 알의 개수 그리고 부화 날짜가 적혀 있는 푯말을 하나 뽑아냈다. 그러자 그 속에서 꿈틀꿈틀하는 것이 보였다.

'아기 거북이다!'

알을 깨고 나온 아기 거북이가 팔다리를 휘저으며 모래 위로 올라오고 있었다. 아기 거북이는 곧장 바다로 향했다. 이게 바로 자연의 섭리인

바다를 향해 달리는 아기 거북이들

걸까. 어떻게 해야 하는지 아무도 말해 주지 않았지만, 아기 거북이들은 때맞춰 알을 깨고 나와 바다를 향해 가고 있었다. 나는 그 자그마한 몸으로 열심히 길을 헤쳐나가는 아기 거북이가 너무 기특했다.

첫째 아기 거북이가 먼저 바다로 뛰어드니 둘째, 셋째 할 것 없이 모두 그 뒤를 쫓아갔다. 그리고 잠시 후 수십 마리의 후발대 아기 거북이들이 동시에 모래를 헤치고 올라오더니 우르르 바다로 뛰어들었다. 동화 <토끼와 거북이>에 나오는 느림보 거북이와 달리 아기 거북이들은 정말 빠른 속도로 움직였다. 거북이의 재평가가 시급하다는 생각이 들 정도였다. 우리는 넋을 잃고 아기 거북이들의 모습을 바라봤다.

미래의 거북이들은
알에서 깨어나
모래를 헤치며
바다로 향한다.

이날 알에서 깨어난 아기 거북이들은 100마리가 조금 안 됐다. 이 중 약 10%만이 살아남고, 나머지는 포식자의 먹이가 되거나 사람들이 버린 쓰레기를 잔뜩 삼키고 죽는다고 했다. 알에서 나오자마자 치열한 생존 싸움을 해야 하는 아기 거북이들이 애처롭고 안타까웠다. 그리고 무엇보다 인간들이 버린 쓰레기 때문에 많은 생물들이 죽어가고 있다는 사실이 가슴 아팠다.

나는 아나본섬을 바라보며, 이곳이 이토록 아름다운 것은 사람의 손길이 많이 닿지 않았기 때문이 아닐까 하는 생각이 들었다. 관리자들이 교대 근무를 서면서 섬을 보호하고 있지만, 간혹 외부에서 들어오는 사람들이 담배를 몰래 피우기도 하고, 플라스틱 용기나 슬리퍼를 몰래 버리고 갈 때도 있다고 했다. 지구의 환경오염이 심각해지고 있다는 이야기를 들을 때마다 나는 항상 안타까운 마음이 들었다. 남을 탓하기보다는 나의 행동부터 되돌아보고 자연을 지키기 위한 노력해야 하는데, 바쁜 일상에 치이다 보면 신경을 쓰지 못할 때가 많았다. 나는 아나본섬의 아름다운 풍경 앞에 서서, 앞으로는 좀 더 경각심을 가지고, 환경 보호에 힘써야겠다고 다짐했다.

마지막 날 관리자들과 작별 인사를 나누는데, 다들 우리가 이 섬을 방문한 최초의 한국인이라며 엄지를 치켜세웠다. 정말인지는 모르겠지만, 실제로 방문 목록을 보면 나와 동료 단원들이 이곳에 온 첫 한국인이었다. <정글의 법칙>이나 영화 <인디아나 존스>처럼 오지를 탐험한 건 아니지만, 이곳에서 보낸 시간은 세상 무엇과도 바꿀 수 없는 특별한 추억으로 평생 기억될 것이다.

제 5 장

매듭짓기

무술인,
하나로 뭉치다

수요일, Yun's 태권도 수업에서 조셉을 만났다. 나는 조셉에게 이곳의 여러 무술 도장들을 활성화하고 주민들에게 무술을 홍보하고 싶다고 말했다. 조셉은 좋은 생각이라며 내 뜻을 지지해 주었다. 조셉과 나는 수업이 끝나고 집으로 돌아오는 길에 좀 더 구체적인 대화를 나눴다. 조셉은 작은 모임을 하나 만들어 보고 싶다고 말했다.

조셉과 나는 솔로몬제도에서 무술을 지도하는 사범들과 함께 이야기를 나누는 시간을 마련했다. 어느 목요일 낮 12시, 올림픽 위원회 사무실에 여러 무술 사범들이 모였다. 우리는 피진어와 영어로 대화를 나눴다. 무술에 관한 이야기를 나누니 이해하는 데 그리 어렵지 않았다. 일주일 후 두 번째 회의에서 우리는 마침내 마샬아츠협회를 창설했다. 첫 회장직은 조셉이 맡았다. 이후 SIMA(Solomon Islands Martial Art Association)는 몇 차례 회의를 하면서 새로운 일들을 계획하기 시작했다.

첫 번째로 즐길 거리가 부족한 이곳 사람들에게 볼거리를 제공하고 싶었다. 두 번째로 다양한 무술을 사람들에게 알려주고 싶었다(개인적으로는 그중에서도 태권도를 더 부각하고 싶었다). 그 결과 마샬아츠협회 창설을 기념하는 '무술 시범 행사'를 열자는 아이디어가 나왔다.

결정되자마자 우리는 무술 별로 연습에 돌입했다. 그 행사에 태권도는 Yun's 태권도 도장과 FOCUS 태권도 도장이 참여하게 됐다. 나는 두 도장의 사범들을 불러 시범할 동작을 10분 분량으로 만들어 오라고 했다. 내가 모든 것을 기획하기보다는 그들이 직접 준비해 볼 수 있는 기회를 주고 싶었기 때문이다. 시범을 해 본 경험이 없어서인지 그들은 무척 당황한 모습이었다. 이후 이들이 만들어 온 동작들을 확인해 보니, 두 도장이 짜기라도 한 것처럼 거의 똑같았다. 곰곰이 생각해 보니 다른 무술들끼리도 겹치는 부분이 많을 것 같았다. 서로 다른 종목이라지만, 동작이나 기술 중에는 비슷한 것들이 많기 때문이다.

그래서 태권도 시범만은 조금 특별하게 구성하고 싶었다. FOCUS 태권도 도장의 경우 구상해 온 동작은 그대로 유지하되 웃음 포인트가 될 수 있는 동작들을 중간중간 추가하기로 했다. 그리고 Yun's 태권도 도장은 음악에 맞춰 태권도 체조를 선보이기로 했다.

나는 꾸준히 두 도장을 방문하며 이들의 시범 연습을 도왔다. 시범을 준비하는 내내 너무 즐거웠다. 사람은 목표가 있어야 더 행복하게 살 수 있다는 말이 비로소 실감 났다. 매일 반복되는 정규수업 외에 또 다른 특별한 일정이 생기니 너무 신이 났다. 처음에는 어떻게 해야 할지 몰라 어려워하던 사범들도 점차 연습이 진행될수록 즐거움을 느끼는 것 같았다.

나는 먼저 행사장에 도착해 매트에 이상이 없는지 확인하고 체육관을 둘러봤다. 그때 백발의 할머니가 도복을 입고 있는 모습이 보였다. 솔로몬제도에서 노인들을 자주 보지는 못했는데, 도복을 입고 있는 할머니를 보니 놀라웠다. 연세가 많아 보였지만 발도 쭉쭉 올라가고 아직 정정한 모습이었다. 꾸준한 운동이 역시 장수의 비결인 듯했다.

드디어 오전 9시, 시범 시작!

무술에 대한 소개와 함께 무술 시범이 시작됐다. 많은 사람 앞에서 보이는 첫 시범이다 보니, 다들 긴장한 모습이었다. 가끔 실수하는 학생들도 있었지만 그럭저럭 잘 진행됐다. 누군가 실수를 하면 관람객들은 크게 웃기도 하고 응원의 박수를 보내기도 했다. 여러 팀들의 시범을 보

마샬아츠협회 창설

니, 역시 내가 예상한 대로 비슷한 것들이 많았다. 그래서인지 FOCUS 태권도 도장이 시범을 선보였지만 관객들의 호응은 그리 크지 않았다. 태권도 차례에서 이목을 확 끌고 싶었는데, 그렇지 못한 것 같아 아쉬움이 컸다.

잠시 후 태권도팀의 마지막 병기, Yun's 태권도 도장의 차례가 됐다. 태권도의 기본 동작과 품새를 선보이고 나자 스피커에서 음악이 흘러나오기 시작했다. 사범들과 학생들은 태권도 체조를 시작했다. 관람객들과 다른 무술 학생들은 '저게 뭐지?'하고 의아했을 것이다. 처음 태권도 체조를 접하는 사람들은 생소해 하는 경우가 많다. 음악에 맞춰 발을 차고 주먹을 지르니 태권도가 아니라고 여기는 사람들도 있다. 하지만 이것도 태권도다. 다만 춤처럼 보일 수 있으므로 동작마다 절도 있게 하는 것이 중요하다.

우리는 음악에 맞춰 태권도 체조를 준비했다. 싸이의 'Daddy'였다. 솔로몬제도 사람들은 K-POP을 잘 모르지만, 흥겨운 싸이 노래는 무조건 통할 것이란 생각이 있었다. 초반에는 분위기가 싸해서 실패한 게 아닌가 생각했다. 나도 무대로 나가서 같이 동작을 해야 하나 싶을 정도였다. 그런데 관람객들이 조금씩 반응하기 시작하더니 시간이 지나자 크게 환호성을 질렀다. 관객들이 하나둘 일어나 손을 흔들며 춤을 추기 시작했다. 음악을 따라 부르는 사람도 있었고, 시범단의 동작을 따라 하는 사람도 있었다. 예상보다 반응이 굉장히 좋았다. 중간중간 동작을 틀리는 학생도 있었지만 그게 또 다른 재미를 가져다줬다.

행사가 끝나고 많은 사람이 태권도에 관심을 가져 주었다. 그런 반응들이 고마울 뿐이었다. 그런데 태권도를 배우려면 어디로 가야 하는지 묻는 사람도 있었다. 그럴 때는 조금 난처했다. 이곳에는 태권도 도장이 5개나 있기 때문이다. 그래서 그냥 사는 집과 가장 가까운 도장을 찾아가라고 답해 주었다. 모두 태권도 가족이기 때문에 어느 한 군데를 권해주고 싶지는 않았다. 그리고 어차피 내가 모든 도장에서 수업을 하고 있으니, 어느 도장에 나오든 나와 만날 수 있으리란 생각도 있었다.

태권도 시범을 성공적으로 마치게 돼 너무 기뻤다. 그리고 나 역시 한 명의 관객으로서, 다양한 무술을 접해 볼 수 있어 즐겁고 뜻깊은 하루였다.

이곳에 오기 전, 솔로몬제도에서 태권도를 수련하고 있다는 사실을 처음 알게 됐을 때 정말 신기하다고 생각했다. 그런데 막상 와 보니 태권도 외에 다른 무술들도 수련하고 있어 정말 깜짝 놀랐다. 별다른 체육활동을 하지 않는 이곳에서, 무술을 수련하며 예절을 배우는 현지인들의 모습을 보니 감회가 새로웠다.

툴라기섬 탐방

그동안은 주로 호니아라에서 활동했는데, 다른 섬에도 태권도를 알리고 태권도 인구의 저변을 넓히고 싶은 마음이 컸다. 그래서 툴라기섬에 먼저 다녀온 후 파견 기간이 끝나기 전에 두 곳 정도 더 출장을 다녀오기로 했다.

툴라기섬은 호니아라에서 보트로 1시간이면 갈 수 있는 가까운 곳이었다. 솔로몬제도에서는 매년 솔로몬 게임(전국 체전)이 열리는데 지난해 개최된 곳이 바로 툴라기섬이었다고 한다. 협회 동료들은 그곳 태권도 선수들의 실력이 굉장히 좋은 편이라고 귀띔해 줬다. 그 말을 들으니 툴라기섬에서의 수업이 더욱 기대 됐다.

우리는 오후 2시에 항구에서 출발하기로 했지만 결국 4시 30분이 돼서야 호니아라를 떠날 수 있었다. 원래 툴라기섬까지는 보트로 1시간이면 되는데, 이날은 날씨가 좋지 않아 2시간이나 걸렸다. 배가 출발하고 20분쯤 지났을 무렵, 조금씩 빗방울이 떨어지는가 싶더니 소나기가 내리기 시작했다. 그러자 파도가 점점 높아지고 바람도 거세졌다. 조그만 보트에 타고 있으니 큰 파도가 칠 때마다 아찔했다. 그래서 이쪽저쪽으로 파도를 피해 움직이다 보니 1시간이나 더 걸렸다. 이날 나는 처음으로 뱃멀미를 했다. 날씨도 그렇고, 정말 여러모로 힘든 날이었다.

툴라기섬에 도착하니 어둠이 짙게 깔려 있었다. 주위에 아무것도 보이지 않아 랜턴을 들고 숙소로 향했다. 숙소에 도착해 짐을 풀고 4박 5일간의 수업 일정에 대해 동료들과 이야기를 나누었다. 길지 않은 시간이지만 새로운 환경에서 새로운 사람들과 수업을 할 수 있다고 생각하니 무척 기대됐다. 빨리 날이 밝아서 섬도 돌아보고 태권도 수업도 했으면 좋겠다고 생각하며 잠자리에 들었다.

우리에게는 툴라기섬을 소개해 줄 특별한 가이드가 있었다. 바로 이 섬에서 태어나고 자란 태권도협회장 필립이다. 필립은 어릴 적부터 전해 들었던 툴라기섬의 전설과 역사를 우리에게 쉽고 재미있게 설명해 주었다.

툴라기섬은 과거 솔로몬제도의 수도였다. 그렇기 때문에 역사적으로도 굉장히 중요한 곳으로 여겨진다. 실제로 섬을 걷다 보면 옛 현지인들의 생활 모습도 쉽게 찾아볼 수 있다. 과거 감옥으로 쓰였던 건물도 그 자리에 남아 있다. 내부를 살펴보면 성인 남성 한 명이 겨우 앉을 수 있을 법한 크기의 작은 방들로 이루어져 있는데, 이를 통해 그 당시 범죄자들을 얼마나 엄격하게 다스렸는지 짐작할 수 있었다.

또한 툴라기섬은 2차 세계대전 당시 일본군들이 주둔했던 곳으로, 이들이 만든 참호나 나뭇가지로 위장한 벙커 등이 아직도 곳곳에 흩어져 있다. 툴라기섬을 둘러보다 보면 오랜 세월 관리되지 않고 방치된 곳들이 많다. 처음에는 그런 모습이 안타까웠는데, 계속 보다 보니 사람의 손길이 닿지 않은 채 자연스럽게 세월의 흔적을 쌓아가는 모습이 이 섬의 매력이 아닐까 하는 생각이 들었다.

연합군 전투기의 폭격을 피하기 위해
일본 군들이 만들어 놓은 벙커

모두 Say 기합!

툴라기섬에서 본격적인 태권도 수업을 시작했다. 이곳은 2017년까지 락키와 브라이언이라는 사범이 태권도를 가르치다가 일이 바빠져 수업을 중단한 상태였다. 이번에 다시 태권도를 홍보해 2019년부터는 수업을 재개할 계획이라고 했다.

나는 현지 사범들과 도복을 갈아입고 다목적 체육관으로 갔다. 다목적 체육관은 지난해 태권도 시합이 열린 곳이었다. 생각보다 크기도 크고 건물 상태도 나쁘지 않았다. 그리고 호니아라의 다목적 체육관과 달리 언제든 무료로 이용할 수 있다는 것이 장점이었다.

그런데 운동도 운동이지만 일단 청소부터 해야 할 것 같았다. 마지막 대회 때 사용했다는 매트에는 곰팡이가 피었고, 이미 한참 전에 버려야 했을 몸통 호구는 바닥에 널브러져 있었다. 나는 청소를 하기 위해 팔을 걷어붙였다. 하지만 체육관에는 빗자루도, 걸레도 없었다. 밖에 나가 주변을 둘러보니 식료품 파는 가게가 하나 있었는데, 그곳에서 청소도구는 없었다. 그때 바닥에 빗자루를 깔고 앉아 있는 어머님이 계셔서, 겨우 빗자루를 빌릴 수 있었다.

체육관으로 가서 학생들을 부른 다음 매트 위의 모래를 쓸어냈다. 얼마나 오랫동안 청소를 하지 않았는지 지난번에 마라나타 홀에서 봤던 매트처럼 얼룩투성이였다. 아무리 쓸어도 깨끗해질 기미가 보이지 않았다. 걸레질도 하면 좋으련만, 걸레가 없으니 어쩔 수 없었다. 나중에 꼭 호니아라에서 선물로 가져와야지 하고 생각했다.

태권도 수업 시간이 다가오자 마을 주민들이 하나둘 모이기 시작했다. 외국에서 온 동양인이 태권도를 가르친다는 소식을 들었는지 많이들 찾아왔다. 체육관으로 들어오는 사람들도 있고 밖에서 창문 사이로 구경하는 사람들도 있었다. 대충 세어 보니 60명은 넘어 보였다.

'좋아, 이제 수업을 시작해야겠어.'

하지만 그중 태권도를 배우러 온 학생은 3명뿐이었다. 이들은 모두 예전부터 태권도를 하던 학생이었다. 아무래도 3명은 너무 적은 것 같아 사람들을 불러 모으기 시작했다. 도복도 필요 없으니 태권도에 관심이 있는 사람은 아무나 와도 좋다고 소리쳤다. 하지만 아무도 나서질 않았다. 다들 참여는 하고 싶어 하는 것 같은데 선뜻 용기가 나지 않는 듯했다. 이곳 사람들은 왜 이리도 부끄러움이 많은지…. 많은 곳에서 사람들을 가르쳐 봤지만 이곳 사람들만큼이나 수줍음이 많은 사람은 보지 못했다. 나는 17명을 임의로 골라서 참여를 권유했다. 그렇게 20명의 사람과 함께 툴라기섬에서의 첫 번째 태권도 수업이 시작됐다.

먼저 사람들에게 간단하게 내 소개를 했다. 그리고 줄을 맞춰 몸을 풀었다. 태권도 기본 서기 자세와 발차기부터 가르쳤다. 잘 따라 왔다. 수업을 할 때마다 이곳 사람들은 태권도를 즐기면서 한다는 느낌을 받는데, 그날도 그랬다.

'이게 뭐라고 사람들이 이렇게 좋아해 주는 걸까?'

학생들이 기분 좋게 태권도 하는 모습을 볼 때면 나까지 기분이 좋아지곤 했다. 그래서 더 열심히 수업을 하게 됐고, 내 일이 소중하다는 것을 느낄 수 있었다. 그런 즐거움들이 나를 이곳까지 이끌었는지도 모른다.

비록 아무도 나서지 않아 내가 17명을 뽑아서 수업했지만 다음 수업에는 학생들이 자발적으로 참여하길 바랐다. 그렇게 되려면 더 재미있고 유익한 수업을 하기 위해 나부터 노력해야 한다는 생각이 들었다.

이곳에서 지내면서 힘들고 불편한 일도 많았지만, 욕심을 버리고 옛날 생각을 잊고 사니 마음이 한결 편했다. 내가 좋아하는 일을 새로운 곳에서 새로운 사람들과 함께할 수 있으매 그저 감사하는 나날들이었다.

제1회 솔로몬제도 협회장기배 태권도 대회

한국으로 돌아갈 날이 차츰 가까워져 오고 있었다. 애초에 1년만 활동할 생각으로 KOICA에 지원했기 때문에 봉사 기간을 연장하지는 않기로 했다. 여기에 오기 전, 1년간의 활동계획을 세우며 수업을 어떻게 진행할지 많은 구상을 했다.

가장 큰 목표는 다섯 개 학교의 학생들을 데리고 호니아라의 가장 큰 운동장에서 태권도 졸업식을 여는 것이었다. 겨울방학이 되기 전, 다 같이 모여 태권도 시범을 보이면 정말 멋질 것 같았다. 하지만 다섯 개 학교에서 수업하는 것이 불가능해 새로운 계획을 세웠다. 바로 태권도 대회를 여는 것이다.

처음 이곳에 도착해 각 도장을 둘러보고 사범들이나 학생들을 만나 이야기를 나눌 때면 스트레스를 많이 받곤 했다. 도장들끼리 서로 편을 나누어 견제를 하고 있었기 때문이다. 함께 힘을 모아도 모자랄 판에, 서로를 미워만 하고 있으니 솔로몬제도의 태권도는 침체기를 맞고 있었다. 그런 모습이 안타까워 친목을 쌓을 수 있는 자리도 마련하고, 함께 회의도 하며 오해를 풀 수 있는 시간을 만들기 위해 노력했다. 하지만 태권도 협회장은 끝내 한 번도 그런 자리에 오지 않았다.

나는 이들이 각자의 도장에서만 훈련하고, 대외적인 행사나 활동을 펼치지 않는 것도 아쉬웠다. 그래서 내가 새롭게 계획한 것이 '태권도 대회 개최'였다. 다행히 태권도협회 소속의 모든 사범들과 도장에서 찬성의 뜻을 밝히며 협조적인 태도를 보여주었다. 덕분에 생각보다 순조롭게 대회 준비가 이루어지는 듯했다.

하지만 태권도 대회를 개최하기까지 정말 많은 일들이 있었다. 매주 토요일 오후 2시에 사범들이 모여 회의를 하기로 했지만, 몇몇 사범들은 바쁘다는 핑계로 자주 빠지곤 했다. 그럴 때마다 힘이 쭉쭉 빠졌다. 그리고 적극적으로 참여하려는 사범들이 있는 반면 시키는 대로만 하려는 사범들도 있었다. 그럼 잘 따르기라도 해야 하는데 그것도 아니었다.

내가 모든 것을 주도할 수는 없었다. 나의 파견 기간이 끝난 뒤에도,

이들이 스스로 솔로몬 제도의 태권도를 이끌어 갈 수 있는 힘을 길러 주어야 한다고 생각했기 때문이다. 그래서 나는 사범들이 함께 모이는 자리를 최대한 마련해서, 그들이 직접 나서서 일을 해 나갈 수 있도록 유도했다.

대회 날짜까지는 8주의 시간이 남아 있었다. 우리는 겨루기와 품새로 분야를 나누어 대회를 진행하기로 했다. 내가 맡은 일은 참가 선수 명단 받기, 대진표 만들기, 심판 교육, 대회 진행 등이었다. 그런데 참가 선수의 명단을 받는 일이 생각만큼 쉽지 않았다. 참여 인원을 알아야 메달이나 트로피도 주문할 텐데…. 대회 날짜는 점점 가까워지는데 각 도장은 묵묵부답이니 정말 답답했다.

내가 직접 명단을 정리하고 참가비를 받으면 오히려 더 편할 수도 있었다. 하지만 돈과 관련된 일은 현지 사범들의 역할이라 생각했기에 그저 맡기는 수밖에 없었다. 그런데 시간이 너무 지체되니 이러지도 저러지도 못하고 속이 터질 지경이었다.

분명 회의 시간에는 대회 개최에 협조하겠다고 했건만…. 지금 생각해 보면 그때 태권도협회 사범들은 태권도 대회에 대한 확신이 없었던 것 같다. 그저 다른 도장들이 주도할 수도 있다고 하니 샘이 나서 어쩔 수 없이 동조하게 된 것이 아닐까.

결국 대회 하루 전날, 겨루기 대회를 위한 계체량(몸무게를 재는 일) 시간까지 명단을 가지고 오지 않으면 대회에 참가할 수 없다고 못을 박았다. 그랬더니 마지막 날 엄청나게 많은 참가 신청이 몰렸다. 이렇게 빨리 일을 처리할 수 있으면서 그간 그렇게 나를 애태웠다고 생각하니 야속한 마음이 들었다.

사실 솔로몬제도에서 첫 대회를 개최하면서 부담을 많이 느꼈다. 무엇보다 대회를 성공적으로 마치지 못하면 어쩌나 하는 두려움이 가장 컸다. 하지만 막상 대회 준비에 돌입하고, 호주와 한국에 있는 관장님들에게 도움도 받다 보니 내 마음속 부담감과 두려움은 어느새 용기와 설렘으로 바뀌기 시작했다.

'제1회 솔로몬제도 태권도 대회'는 2회, 3회로 이어질 이 대회의 첫 문을 여는 시간이기에 더욱 특별한 의미가 있었다. 그리고 이번 태권도 대회와 11월에 있을 솔로몬 게임(전국체전)의 상위 입상자들은 국가대표 태권도팀으로 선발될 예정이었다. 그렇다 보니 이 대회는 각 도장의 사범들과 학생들에게 자존심을 건 중요한 대회 중 하나로 떠올랐다.

예전부터 많은 사람이 태권도를 해 왔지만, 관련 활동은 전무하던 이곳…. 나는 이 대회가 앞으로 솔로몬제도의 태권도를 더욱 발전시키는 계기가 되길 마음속 깊이 바랐다.

제1회 솔로몬제도
협회장기배 태권도 대회

툴라기섬 탐방2

툴라기섬으로 첫 출장을 다녀온 후 그곳의 태권도 사범과 자주 연락을 주고받았다. 한국에 돌아가기 전 꼭 한 번 방문하겠다고 말했는데, 그 약속을 지키기 위해 다시 한번 툴라기섬으로 가는 배에 올라탔다.

예전에 성인을 대상으로 자동차 정비 의류 등 기술을 가르쳐 취업시키는 것을 목표로 하는 돈 보스코라는 기술학교에서 태권도를 가르치며 만난 '엠마뉴엘'이라는 프랑스인 친구가 있었다. 엠마뉴엘은 나처럼 기관을 통해서 파견된 것이 아니라 개인적으로 봉사활동을 하겠다는 메일을 보내 돈 보스코에 오게 됐다고 했다.

이 친구는 그동안 150여 개의 나라를 여행해 봤다고 했다. 한 나라에 가서 일을 하며 돈을 번 다음 휴가 때 여행을 간다는 것이다. 나는 그런 삶은 꿈에도 생각해 본 적이 없기 때문에 그저 엠마뉴엘을 볼 때마다 신기할 따름이었다.

엠마뉴엘은 150여 나라를 다닌 자부심이 매우 컸다. 괜히 지기 싫은 마음에, 나는 180개국을 다녀왔다고 거짓말을 했지만 엠마뉴엘은 믿지 않았다. 그래서 나는 내기를 제안했다. 서로 번갈아 가며 나라 이름을 하나씩 말하는 것이다. 하지만 세상에 나라는 너무 많고, 우리의 기억력은 그리 좋지 않았다. 우리는 앞에서 이미 나온 국가를 몇 번이고 반복하다 이내 포기해 버렸다.

"우리는 아직 철이 들지 않았다."
"그래서 우리가 서로 더 잘 맞는 것일지 모른다."

나는 엠마뉴엘에게 툴라기에 갈 것이라고 말했다. 그러자 자기도 가고 싶다며 따라나섰다.

"그럼 내가 태권도를 가르칠 테니 너는 프랑스어를 가르쳐라. 그리고 숙소를 지원받자."

지난번에 툴라기 출장을 다녀오며 태권도 사범과 센트럴 프로빈스의 주지사님하고는 안면을 텄기 때문에, 얘기만 잘하면 재능 기부의 조건으로 숙소 정도는 지원받을 수 있으리란 생각이 들었다. 또 툴라기에는 정부에서 운영하는 호스텔도 있었다. 물론 좋은 숙소는 아니지만, 우리는 그저 모기를 피할 수 있고 씻을 물이 있는 곳이라면 충분했다.

그렇게 엠마뉴엘과 나는 툴라기로 향했다. 바다를 가르는 보트 안에는 언제나 설렘이 가득했다. 지난번과 달리 날씨가 정말 좋았다. 그 아름다운 풍경을 카메라에 온전히 담을 수 없어 아쉬울 뿐이었다.

"그만 누워 계시고 운동 좀 하세요."
"나는 안 돼. 몸이 너무 뚱뚱해서 운동은 못 해요."

나는 한 번이 어렵지 두 번째는 쉽다고 설득하며 어머님들을 붙잡고 운동을 하러 갔다. 남성과 비교해 여성의 체육활동 참여율은 굉장히 낮은 편이다. 하지만 어떤 운동을 해야 할지 몰라 망설이는 경우가 많은데, 그럴 때 태권도는 좋은 선택지가 될 수 있다. 장비를 살 필요가 없고 몸이 무리하지 않는 선에서 운동을 할 수 있으니 부담이 적다. 무엇보다 가족들과 함께 할 수 있다는 점이 굉장히 좋다.

나는 태권도 수업이 끝나면 땀으로 젖은 몸 그대로 바다에 빠져들어 수영을 했다. 이곳으로 가도, 저곳으로 가도 에메랄드빛 바다가 보였다.

세상에서 가장 큰 나의 욕조, 툴라기섬의 바다

툴라기 섬의 노을

물이 어찌나 맑고 투명한지 지상낙원이 따로 없었다. 호니아라에서 지내다 보면 도시의 소음과 뿌연 흙먼지 때문에 이곳이 남태평양의 보석 솔로몬제도가 맞는지 이따금 헷갈리곤 했다. 하지만 수도에서 조금만 이동하면 자연 그대로의 아름다운 풍경을 만끽할 수 있었다. 멀지 않은 곳에서 자연을 만날 수 있는 곳. 나는 툴라기섬이 정말 좋았다.

툴라기섬의 주민들은 이곳에 대한 자부심이 컸다. 솔로몬제도에서 가장 아름다운 곳이며, 사람들은 모두 친절하다고 자랑하곤 했다. 하지만 정치인들은 지금의 툴라기섬에 만족하지 못하는 듯했다. 그들은 센트럴 프로빈스가 더 발전되길 원했고, 특히 툴라기섬에 많은 기업이 들어와 자본을 풀어주기를 바라는 것 같았다. 이기적인 생각일지 모르겠지만, 나는 이곳이 천천히 발전해 나가길 바랐다. 아니, 지금 모습 그대로 유지됐으면 했다. 이곳을 찾는 외부인들의 발길이 많아지고, 공장도 들어온다면 이곳도 금세 오염될 수 있기 때문이다. 다음에 다시 오게 된다면, 높은 건물이 들어선 모습보다는 잠시 쉬어갈 수 있는 여유가 있는 곳으로 남아 있기를. 나는 간절히 빌었다.

툴라기에서의 셋째 날 엠마뉴엘과 함께 주지사님을 뵙고 왔다. 곧 있을 솔로몬 게임과 남태평양 대회에서 센트럴주 출신 선수들이 좋은 성적을 거두길 기대한다고 하셨다. 그리고 태권도에 대한 지원도 아끼지 않겠다고 하셨다. 훈련 용품을 지원하기는 어렵지만, 도장을 지을 수 있는 땅은 제공해 주신다니 정말 감사했다. 현장 사업으로 그 땅에 태권도 도장을 지으면 얼마나 좋을까.

그리고 이곳에도 KOICA 태권도 단원이 파견됐으면 좋겠다고 하셨다. 내가 처음으로 파견되기까지 시간이 꽤 많이 들었는데, 얼마나 많은 태권도 단원들이 파견될 수 있을지는 모르겠다. 말레이타섬과 툴라기섬 등 솔로몬제도의 많은 곳에서 KOICA의 태권도 단원 파견을 희망하고 있다.

나는 곧 활동이 끝나는데…. 하루빨리 다음 태권도 단원이 파견돼 활동할 수 있었으면 좋겠다.

드디어 도착한 활동 물품

2018년 4월 30일에 신청한 활동 물품을 11월이 돼서야 받게 됐다. KOICA와 배송업체 사이에 문제가 생겨 지연이 됐다고 한다. 그래도 활동이 끝나기 전에 물품을 받게 돼 다행이었다. 솔로몬제도에는 체육용품을 파는 곳이 두 곳 있었다. 처음에는 현지에서 구매하려고 했으나 호주에서 수입돼 가격이 너무 비싸고 품질도 떨어졌다. 발차기 미트의 경우 어린아이들이 사용하기에는 너무 딱딱했다. 그래서 조금만 더 기다려 보자며 배송업체 담당자분과 메일까지 주고받았다. 그러다 파견 종료를 두 달 남긴 상태에서 겨우 물품을 받게 된 것이다.

처음 활동 물품을 신청할 때 혹시 내가 주문한 것과 다른 제품이 오지 않을까 걱정을 많이 했다. 쌍절곤의 경우 어른용과 어린이용의 재질이 달라서 각각 다른 물품으로 주문했기 때문이다. 어른용은 알루미늄, 어린이용은 스티로폼 재질이었다. 아이들이 알루미늄 쌍절곤으로 연습을 하면 상처를 입을 위험이 높아서 가장 많이 신경을 썼다. 다행히 내가 주문한 대로 물품이 잘 준비돼 있었다. 나는 그제야 안심했다.

수준에 따라 단계별로 쌍절곤을 가르치려 했지만 생각보다 너무 늦게 도착해서 진도를 많이 나가지는 못했다. 하지만 파견이 종료되기 전까지, 두 달 동안 신나게 쌍절곤을 돌렸다. 활동 물품이 도착하자 평소에는 운동을 나오라고 해도 나오지 않던 사람들이 쌍절곤을 배우고 싶다며 매일 전화를 걸어왔다. 국제학교에서는 체육 담당 선생님이 혹시 돈을 주면 똑같은 제품을 받을 수 있는지 묻기도 했다.

처음 활동 물품이 도착했을 때, 나는 데릭과 활동 물품을 가지고 다목적 체육관에 갔다. 우리는 활동 물품이 도착하면 보관할 장소를 미리 정해 뒀었다. 근데 갑자기 데릭은 자기 집에 직접 보관하겠다고 했다. 나는 데릭에게 말했다.

"응, 안 돼."

데릭은 활동 물품을 다목적 체육관에 보관하면 분실할 수 있다며 계속 집으로 가져가겠다고 고집을 부렸다. 하지만 태권도 물품은 모두가 함께 사용하는 물품이기에 그럴 수는 없었다. 자물쇠도 이미 준비돼 있었다. 열쇠는 총 3개이니 나 하나, 데릭 하나, 체육관 관리인 하나, 이렇게 셋이서 나눠 갖기로 했다. 나머지 다른 사범들은 나와 데릭이 없을 때 체육관 관리인에게 열쇠를 받아 사용하면 될 것 같았다. 나는 활동 물품을 보관 장소에 넣은 뒤 내가 만들어 온 두 개의 서류를 데릭에게 보여줬다.

<물품 세척 장부>, <활동 물품 대여 장부>

<물품 세척 장부>는 사람들이 항상 도움을 받고 살다 보니 받는 것을 당연하게 생각하는 것 같았다. 고장이 나면 고쳐 사용하려고 하지 않고 새로 구해 달라는 말을 하곤 했다. 이곳의 학교들은 일본이나 호주·대만에서 지어준 경우가 많은데, 이후 관리가 잘 안 되는 모습을 많이 볼 수 있었다. 그런 것을 보면서 사후 관리의 중요성을 깨닫게 됐다.

그래서 매월 1일을 '물품 세척'의 날로 정하고, 세척을 한 후에는 매달 종이에 기록하기로 했다. 한 가지 아쉬운 것은, 그곳에 있으면서 세척한 날짜를 꼼꼼하게 적는 모습을 학생들에게 보여 주었어야 했는데 12월에 겨우 한 번만 하고 파견이 종료됐다. 내가 떠난 후에도 관리가 잘 되고 있을지 걱정이 된다. 가끔 인터넷 메시지로 연락을 주고받을 때 물어보면 잘 관리되고 있다고 하지만 확신이 서지는 않는다. 그래도 사범들의 귀가 닳도록 얘기했기에 잘하고 있으리라 믿고 있다.

<활동 물품 대여 장부>

활동 물품을 받았다는 소식을 처음 전했을 때 5개 도장의 사범과 학생들은 나를 부둥켜안고 기뻐했다. 특히 매일 슬리퍼와 물통을 발차기 미트로 사용하는 J.D TKD 학생들과 사범들이 가장 즐거워했다. 재미있는 것은 5개 도장의 사범들 모두가 나에게 똑같은 말을 했다. 다른 사람들을 못 믿겠다며 자신들이 직접 관리하고 싶다는 것이었다. '이 사람들은 도대체 서로에게 무슨 짓을 하고 다니는 건지…' 아직도 서로를 불신하고 있다니 안타까웠다.

그렇다 보니 장부를 만들길 참 잘했다는 생각이 들었다. 물품을 사용할 때 그 내용을 장부에 기록하면 분실 걱정 없이 사용할 수 있을 것이다. 모두를 위한 물품인 만큼 누구나 언제든 사용할 수 있다. 다만 정해진 규칙을 따라야만 한다.

'활동 물품을 대여하기 위해서는 수업을 담당하는 사범이나 최고참 학생이 직접 와야 하며, 대여로 인해 발생한 모든 문제를 책임져야 한다.' '대여자 이름, 소속, 물품 이름, 수량, 대여 날짜를 적고 사인을 한다' '만약 지켜지지 않는다면 바로 회수한다.'….

다소 강압적으로 보일 수 있지만, 이것은 최선의 방법이었다. 사범들과 최고참 학생들에게 책임감을 실어 줘야지만 물품을 더 깨끗하게 사용할 수 있고 이를 후배와 제자들이 보고 배울 수 있기 때문이다.

앞으로 살면서 솔로몬제도라는 나라에 다시 올 기회가 있을까? 1년이라는 시간은 너무나 빨리 지나갔다. 나는 솔로몬제도에서 보낸 시간을 꽤 즐기면서 살았다. 처음 KOICA에 지원했던 그 설레는 마음으로 지금은 또 다른 도전을 준비하고 있다. 그동안 태권도 단원으로 활동하며 부족한 부분도 많았지만, 평생 잊지 못할 좋은 기억을 쌓기도 했다. 매일 보던 일상의 모습들도 이제는 추억이 됐다. 한국행 비행기에 몸을 싣기 위해 공항으로 향하는 나의 발길은 무거웠다.

그렇게 1년이 지나고

"world is our stage"(세계는 우리의 무대다)

호니아라 유엔개발계획 사무실 앞에 걸려 있는 이 문구를 볼 때마다 새로운 곳으로 떠나고 싶다는 생각을 하곤 했다. 항상 새로운 도전을 원했기에 나는 KOICA에 지원했다. 그 결과 남태평양의 작은 나라 솔로몬 제도에서 태권도 단원으로 활동할 기회를 얻었다. 이곳에서 생활하며 겪은 모든 일들은 인생의 좋은 추억이 됐다. 때로는 현지인들과 한집에서 먹고 자거나 수다를 떨며 밤을 지새우기도 했고, 가끔은 의견이 맞지 않아 다투며 화를 내기도 했다. 하지만 막상 한국에 돌아와 보니 그 시간마저 소중한 기억으로 남는다.

만약 여행이나 아주 잠깐의 활동을 위해 솔로몬제도를 방문했다면 이렇게 다양한 경험들은 하지 못했을 것이다. 1년이라는 시간 동안 대한민국을 대표해 각종 협력 사업에 참여하고 양국의 외교관 역할을 할 수 있었던 것은 내게 큰 영광이자 행운이었다. 태권도 사범으로 활동했지만, KOICA 단원으로서의 활동은 국제 개발 협력에 많은 관심을 가지는 계기가 되었다.

솔로몬제도에 처음 도착한 날, 여기에서는 늘 푸른 바다와 초록빛 나무들만 볼 수 있으리라 생각했다. 하지만 호니아라 시내는 자동차에서 뿜어져 나오는 매연과 흙먼지로 가득했고, 비만 내리면 산 상부에서 쓰레기 더미들이 내려와 강둑에 쌓이곤 했다. 수도를 벗어나 다른 지역으로 갔을 때는 아름다운 자연 속에서 휴식을 취할 수 있었지만, 거기에는 또 다른 문제가 기다리고 있었다. 의료시설이 부족해 말라리아로 사망하는 사람들이 끊이지 않고, 많은 산모가 아이를 출산하다 목숨을 잃기도 했다. 이를 위해 KOICA는 간호단원을 파견하고 의료 시설을 건설하는 현장 사업을 펼치고 있다. KOICA의 이러한 노력은 현지인들에게 많은 도움이 되고 있다.

하지만 의료시설과 더불어 교육 시설도 개선됐으면 하는 바람이 있다. 솔로몬제도의 학교들을 둘러보면, 대부분 시설이 낙후하고 교육에 필요한 물품도 부족했다. 열악한 환경에도 열심히 공부하는 아이들을 보면 희망을 느끼기도 했지만, 한편으론 돈을 벌기 위해 학교에 나오지 않거나 방황하는 학생들의 이야기를 들을 때면 정말 괴로운 마음이 들었다.

현지에 도착하고 몇 개월이 지났을까. 그날도 나는 어김없이 마라나타 홀에서 태권도를 가르치고 있었다. 그런데 갑자기 경찰차가 오더니, 수업을 받고 있던 학생을 붙잡아 수갑을 채웠다. 멍하니 서 있는 나에게 경찰관이 다가와 "이 학생이 오늘 절도와 폭행죄를 저질렀다"라고 말했다. 그 학생은 전날과 다름없이 나와 눈을 마주치고 이야기를 나눴기에 그 사실을 믿을 수가 없었다. 나는 절대 그럴 아이가 아니라고 말했지만, 그 말을 들어주는 사람은 없었다.

분명 그런 행동을 할 아이가 아니지만, 그가 죄를 지은 것은 사실이었다. 가난한 형편과 이 사회를 탓한다 해도 죄를 지은 것은 절대 정당화될 수 없었다. 수갑에 채워진 그 아이의 손목이 그날따라 왜 이리도 연약해 보이던지…. 그날 경찰서로 향하던 모습이 마지막이 될 줄은 꿈에도 몰랐다.

힘든 상황이라도 이렇게 좋지 못한 선택을 하지 않을 수 있었을 텐데. 그 학생이 바른길로 갈 수 있도록 방향을 제시해 주는 사람이 있었다면 과연 어땠을까? 나는 태권도를 가르칠 때 어린 학생들에게 항상 강조하는 것이 있다. 바로 '규율'이다.

태권도를 배우는 시간만은 질서를 확립하고, 몸과 정신을 절제할 수 있는 능력을 키워 주고 싶었다. 그렇기 때문에 태권도 교육에 더 많은 관심과 욕심을 가지게 됐다. 분명 내가 태권도를 가르친 아이들 중 누군가는 어른이 됐을 때 국가를 이끌어가는 지도자나 정치가가 될 수 있으리라 믿는다. 그렇게 된다면 대한민국과 솔로몬제도 간의 교류가 활발해질 것이다. 그리고 태권도가 알려준 덕목들을 바탕으로 지혜롭고 바른 정치가가 될 수 있을 것이라 확신한다.

한국에 도착하고 며칠이 지난 뒤 FOCUS 태권도 사범 주니어에게 사진을 하나 받았다. 내가 솔로몬제도에 있는 동안 태권도 국가대표팀은 반드시 공정하게 선발해야 한다고 귀가 닳도록 말했는데 드디어 변화가 있었나 보다. 남태평양 대회에 참가하게 될 태권도 국가대표팀 명단이 5개 도장 출신 선수들의 이름으로 채워져 있었다. 지난 태권도 겨루기 시합에서 좋은 성적을 거둔 학생들의 이름이 보였다. 나는 태권도협회가 내린 결정이 앞으로 솔로몬제도의 태권도 발전에 많은 도움이 될 것이라 굳게 믿는다.

앞으로는 <AISO> <H.U> <J.D> <Yun's> <Focus> 등 모든 솔로몬제도 태권도인이 하나가 돼서 얼마 남지 않은 남태평양 대회는 물론 세계선수권 대회와 올림픽에서도 메달을 딸 수 있기를! 그때까지 포기하지 않고 끊임없이 도전하길 바란다.

World Friends Korea는 무엇인가요?

월드프렌즈코리아(World Friends Korea, WFK)는 대한민국 정부파견 해외봉사단의 통합브랜드이며, 5개 부처에서 7개 봉사단 파견 프로그램을 수행하고 있습니다. 도움을 받는 나라에서 도움을 주는 나라로 성장한 경험을 통해, 개도국 이웃들의 어려움을 누구보다 공감하는 우리 국민들의 따뜻한 마음을 표현하는 이름입니다.

소관부처	수행기관	프로그램	특징	활동기간
외교부	코이카 (KOICA)	월드프렌즈 KOICA 봉사단	한국 최초 해외봉사 프로그램, 개도국 파견지역 커뮤니티에 장기 거주하며 직종별 전문 봉사 활동 실시	1-2년
		월드프렌즈 KOICA 자문단	행정, 교육, 보건분야 퇴직전문가를 파견하여 개도국 공공정책 컨설팅	1년
산업통산 자원부	정보통신 산업진흥원 (NIPA)	월드프렌즈 NIPA자문단	정보통신, 산업기술 분야 퇴직전문가를 파견하여 개도국 공공정책 컨설팅	1년
교육부	한국대학사회 봉사협의회 (KUCSS)	월드프렌즈 청년봉사단	대학생 단기봉사 프로그램, 현지 대학생과 공동 활동 포함	2-3주
	(사)태평양 아시아협회 (PAS)			
과학기술 정보통신부	한국연구재단 (NRF)	월드프렌즈 과학기술 지원단	이공계 전문인력 파견을 통한 개도국 과학기술발전 지원	1년
	한국정보화 진흥원(NIA)	월드프렌즈 IT봉사단	IT전문인력 파견을 통한 개도국 IT인재양성 지원	4주, 2-3개월
보건복지부	대한한방해외 의료봉사단 (KOMSTA)	월드프렌즈 한방봉사단	현지 의료인 세미나 및 보건교육 등 각종 질병 예방 등 의료서비스 제공	1주일-2개월

※ 코이카(KOICA)는 월드프렌즈 봉사단을 총괄 및 조정하는 역할을 하고 있으며, 한국 해외 봉사단의 발전을 위해 노력하고 있습니다.

월드프렌즈 KOICA 봉사단

1990년부터 현재까지 파견이 진행되고 있는 KOICA 봉사단은 현재 1,400여 명의 단원들이 전 세계 30여 개 국가에서 활동하고 있으며, 다양한 유형의 프로그램을 제공하고 있습니다. 2년간 개발도상국 주민들과 함께 생활하며 기술 지원 및 교류 활동을 통해 그들의 삶의 질을 높이고, 더 나아가 우리나라와 파견국의 상호이해증진에 기여하게 됩니다.

구분	프로그램	활동내용	활동기간
일반봉사단	일반/시니어 봉사단	개발도상국 수요를 바탕으로 공공행정, 교육, 농림수산, 보건, 기술환경에너지 등 30여개 전문 직종에서 봉사활동	1-2년
	프로젝트 봉사단	분야별 전문성을 갖춘 기관과의 협력을 통해 중장기(3-5년) 성과 달성을 목표로 하는 성과 중심의 팀제 프로젝트형 봉사활동	1년
	NGO봉사단	개발도상국에서 활동하는 NGO 사업현장에 파견되어 개발 프로젝트 지원 활동	1년
청년봉사단	KOICA-UNV 봉사단	KOICA와 UN봉사단 파견기관인 UNV 공동 프로그램으로 개도국 주재 UN산하기관에서 활동	6개월
	청년중기봉사단	대학생 팀제 봉사활동	6개월
	드림봉사단	특성화고/마이스터고 졸업 또는 졸업예정자가 본인의 재능을 전수	1년

KOICA 해외봉사단은 개발도상국의 지속 가능한 경제 사회 발전을 돕기 위한 공적개발원조 ODA 사업의 하나입니다

VISION
비전

- 나눔과 배움을 통한 인류의 공동번영
- 개발도상국 주민들의 삶의 질 향상
- 개발도상국과의 우호협력 및 상호이해 증진
- 봉사활동을 통한 자아실현 및 성장

파견 유형별 지원조건

일반봉사단원 / 프로젝트 봉사단 / 시니어 봉사단

- 봉사정신이 투철한 만 19세 이상 대한민국 국적 소지자
  (만 50세 이상, 해당 직종 10년 이상 경력자는 시니어 단원으로 지원 가능)
- 남자는 군복무를 필했거나 면제된 자
- 해당 국가가 요청하는 자격기준에 해당하는 자
- 해외여행에 결격사유가 없는 자
- 해외봉사활동을 수행하는 데 심신이 적합 또는 건강한 자
  - 의료 환경이 열악한 개도국에서 활동해야 하는 바, 엄격한 신체검사 기준 적용
- 국가공무원법 제33조의 결격사유에 해당되지 않는 자

KOICA-UNV 봉사단

- 파견기간 기준 만 18~29세인 자
  - 남자의 경우 병역을 필했거나 면제된 자
- 아래 기준을 충족하는 대학 또는 대학원 재학·휴학생·졸업예정자 (졸업자 제외)
  - (대학생) 파견 이전 대학 2학년 1학기까지 수학 완료한 자 (학기 수정)
  - (대학원생) 파견 이전 대학원 입학 완료한 자
  - 대학원 재학 중인 취업자의 경우 국내교육 시작일 전까지 개별적으로 신분정리(퇴직, 휴직 등) 필요
- 국가 공무원법 제33조의 결격사유에 해당되지 않는 자
- 해외봉사활동을 수행하는 데 심신이 적합 또는 건강한 자
- 해외여행에 결격사유가 없는 자
- 해당 파견기관이 요청하는 자격기준(전공, 경력 등)에 해당되는 자

KOICA 자문단

- 해외봉사 의욕을 가진 관련 직종 퇴직(예정) 전문가로서 해당 직종 10년 이상 실무 경력이 있는 자 또는 이와 동등한 자격이 있는 대한민국 국적을 가진 자
- 영어(수원국 공용어)로 강의, 자문 및 보고서 작성 등이 가능한 자
- 기타 파견 대상국에서 요구하는 자격을 갖춘 자
- 6개월 이상의 해외생활이 가능한 신체 건강한 자

다양한 분야와 직종을 선발합니다

공공행정

파견국의 행정제도 효율화 및 정책 선진화를 위하여 전자정부 및 개발계획 수립지원, 관광자원 개발 등 개도국의 정책적 역량 개발 강화에 힘쓰고 있습니다.

직종 | 관광, 사회복지, 국제개발

보건/의료

의료혜택을 받기 어려운 마을 단위에서의 보건교육과 모자보건, 식수개발, 위생교육 등의 기초 보건환경 개선에 주력하고, 전반적인 의료시스템 구축 업무도 함께 수행하고 있습니다.

직종 | 간호, 물리치료, 보건일반, 임상병리, 방사선

교육

역량개발과 자립발전의 토대로 생산적이며 궁극적으로 경제 및 사회개발에 직접 기여하게 됩니다. 초등교육, 컴퓨터, 태권도, 직업기술교육 등의 직종으로 중점 파견되고 있습니다.

직종 | 과학교술, 미술교육, 미용교육, 요리, 유아교육, 음악교육, 제과제빵, 청소년 개발, 체육교육, 컴퓨터교육, 특수교육, 초등교육, 한국어교육, 사서, 수학교육

농림수산

품종개량, 관개 수리, 작물 다양화, 양식기술 등 농어촌의 생산성 향상과 소득증대를 위한 선진기술을 전수하고 있습니다.

직종 | 농업, 수산/어업, 지역개발, 축산, 식품가공

기술환경에너지

현재 개도국에서는 급격한 인구증가와 도시화에 따른 사회기발시설 구축과 국토의 효율적 이용에 대한 필요성이 증대되고 있습니다. 교통 및 에너지 인프라 개선, 국토관리 기반 조성, 방송통신 등의 분야로 파견되고 있습니다.

직종 | 건축, 기계, 섬유/의류, 용접, 자동차, 전기/전력, 전자, 환경

당신의 해외봉사활동을 지원해드립니다

국내훈련, 현지적응훈련 및 봉사활동기간 중
안전하고 효과적인 활동을 위해 각종 지원을 받게 됩니다.

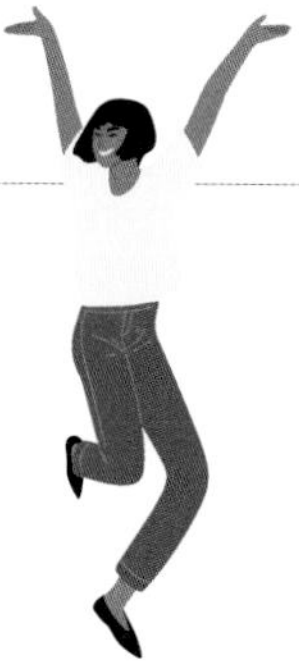

파견 전

국내훈련기간
- 국내훈련수당 및 훈령용품 지급
- 예방접종 및 휴대용 안전장비 지급
- 재해보상

출국준비기간
- 여권 및 비자발급 지원
- 왕복항공료 및 화물탁송료 지원
- 출국준비금 지급

파견 후

현지정착비
- 주거비 및 생활비(파견국 물가수준 고려 지급)

활동지원
- 활동물품 구입비, 현장사업 및 협력활동 지원비 등
- 봉사단 유숙소 혹은 바우처 제공

건강 및 안전관리
- 재해 및 상해보험 가입
- 긴급후송서비스(SOS) 재난 발생 시 안전한 지역으로 이송
- 의료지원 상해·질병 치료비 지원
- 구급함, 재난키트 등 현지 활동에 필요한 안전장비 지원
- 연간 정기 건강검진 실시
- 24시간 의료 및 심리 상담

활동 종료·귀국 후 다양한 기회가 제공됩니다

(단, WFK봉사단별로 지원내역은 차이가 있습니다.)

커리어적립금

장기간 해외봉사활동을 마치고 귀국한 해외봉사단원의 국내 정착지원을 위해 활동기간 중 매월 일정 금액을 적립하고 귀국 후 지급합니다.

취업지원

해외봉사활동을 통해 습득한 현지어 능력, 지역 전문성, 프로젝트 경험 등을 사회에서 활용할 수 있도록 취업지원센터 (개발협력 커리어센터/http://job.koica.go.kr)를 운영하고 있습니다.

KOICA/WFK 장학사업

KOICA는 월드프렌즈 해외봉사단이 봉사활동 경험을 활용하여 개발협력 전문가로 성장할 수 있도록 귀국단원 장학제도를 운영하고 있습니다.

봉사활동 분야·지역 및 국제개발협력 관련 전공의 국내외 소재 대학원에 재학 중이거나 입학 예정인 귀국 단원이 장학제도를 통해 선발되는 경우, 학비의 75%(연간 천만 원 한도)를 지원받을 수 있습니다.

활동경험담 발간 지원

WFK 사업 홍보를 목적으로 1년 이상 활동한 단원에 한하여 활동경험, 경력개발 등 다양한 스토리를 담아낸 활동경험담을 발간하고 있습니다. 연중 수시 신청받고 있으며, 심사는 반기별로 1회 실시하고 있습니다.

※ 자세한 사항은 kovpapers@koica.go.kr로 문의하시면 됩니다.

국내 봉사단 네트워크

귀국봉사단 모임인 한국해외봉사단원연합회(KOVA) 및 국내 지역별 커뮤니티(수도권 포함 총 9개)가 조직되어 있으며, 협력단에서는 해당 조직들의 활동을 지원합니다.

국제협력활동 지원

임기만료 귀국 단원은 KOICA 신입직원 채용 시 가산점을 부여하며, 코디네이터 지원 시 우대하고 있습니다.

더 좋은 세상 함께 만들어 가요

KOICA는 글로벌 사회적 가치를 실천하는 대한민국 개발협력 대표기관으로서 사람 중심의 평화와 번영을 위한 상생 협력의 ODA를 추진해나가고 있습니다.

KOICA는 우리 정부의 대개도국 무상협력사업을 전담 실시하는 외교통상부 산하 정부출연기관으로 1991년 4월 설립되었고 프로젝트, 해외봉사단파견사업, 국내초청연수 등 다양한 사업을 통해 개발도상국의 경제사회발전을 지원하고 있습니다.

해외봉사단 모집선발상담센터

주소

글로벌인재교육원(서울) 교육본부 1층 코이카봉사단 모집상담파트
(서울시 서초구 헌릉로 15-18 (구 염곡동 304-3))

운영시간

09:00 - 18:00 (점심시간 12:00-13:00)

전국공통전화

1588-0434

홈페이지

http://kov.koica.go.kr

모집상담 이메일

kov1@koica.go.kr

ODA란?
(공적개발원조)

개발도상국의 경제·사회 발전 및 복지증진 등을 주목적으로 하는 원조로, 공적개발원조 또는 정부개발원조라고도 하며, KOICA에서는 교육·보건의료·농림수산·공공행정·범분야 등 다양한 분야에서 국별협력, 글로벌연수, 해외봉사단 파견, 민관협력 등의 형태로 세계 53개 협력국에서 ODA를 수행하고 있습니다.

KOICA 협력국 리스트
(53개국)

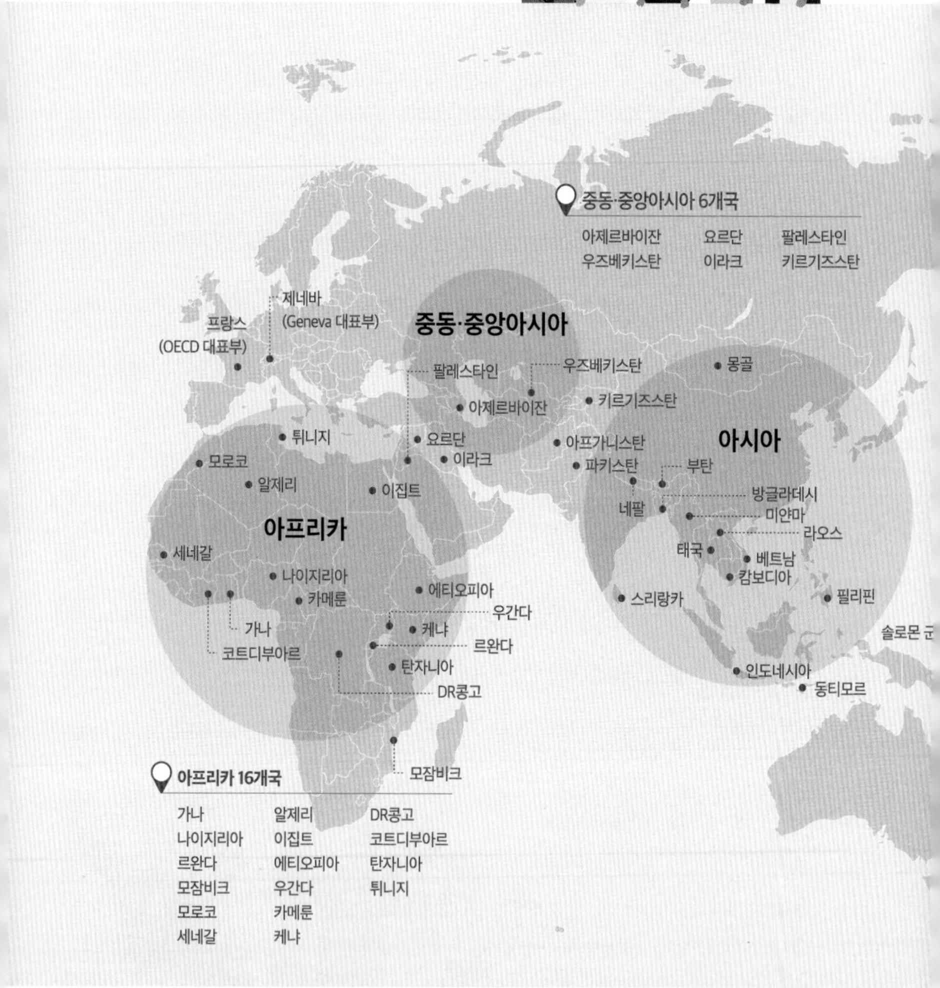

SDGs 소개
(지속가능개발목표)

국제사회는 글로벌 문제를 해결하고자 경제성장, 사회발전, 환경지속성을 3대 축으로 하는 지속가능개발목표(Sustainable Development Goals, SDGs)를 채택했습니다. SDGs는 2030년까지 세계빈곤을 종식시키고 지속가능개발을 구현하기 위한 17개 목표와 169개 세부목표로 이루어져 있습니다.

주재원 3개국

프랑스(OECD 대표부)
미국(USAID/UN 대표부)
제네바(Geneva 대표부)

아시아 14개국

네팔	방글라데시	캄보디아
동티모르	베트남	파키스탄
라오스	스리랑카	피지
몽골	아프가니스탄	필리핀
미얀마	인도네시아	

월드프렌즈사무소 3개국

태국 부탄 솔로몬군도

중남미 8개국

과테말라	에콰도르	파라과이
도미니카(공)	엘살바도르	페루
볼리비아	콜롬비아	

월드프렌즈사무소 3개국

벨리즈 온두라스 코스타리카

초판 인쇄 2019년 12월 10일
초판 발행 2019년 12월 10일

지은이 이철권
발행인 이미경
발행처 한국국제협력단
주소 경기도 성남시 수정구 대왕판교로 825
전화 031.740.0114
팩스 031.740.0247
홈페이지 www.koica.go.kr

펴낸이 곽지은
편집 방수진
디자인 지홍비, 최봄미나
펴낸곳 (주)꽃씨
등록번호 제2019-000009호(2019년 1월 16일)
주소 서울특별시 금천구 가산디지털1로 212 코오롱디지털타워애스턴 1405-319호
전화 02.335.2182

ISBN 979-11-968060-0-2(03810)
값 14,000원